Hassouna Mosbahi DER GRÜNE ESEL

Hassouna Mosbahi

DER GRÜNE ESEL

Tunesische Erzählungen

aus dem Arabischen
von Regina Karachouli

A1 VERLAG

Inhalt

Der Unglücksvogel

Wie jeden Abend um diese Zeit saß Milud vor seinem kleinen Laden. Langsam krochen die Schatten in die Täler und unteren Ebenen, während auf den kahlen Höhen im Westen, in leichte Dunstschleier gehüllt, die rote Sonnenscheibe balancierte. Die Luft war still und vom Brandgeruch der Erde erfüllt. Die Mittagsglut des Sommers hatte sie versengt, so daß sie für immer unfruchtbar schien. Nach einem langen, mühevollen Tag bewegten sich die Menschen träge und schwerfällig wie Nachtwandler. Das ganze Dorf schien erschöpft und müde.

Milud steckte sich in abendlicher Beschaulichkeit eine Zigarette an. Jeder, der ihn dort sitzen sah, konnte erkennen, daß er ein Mann ohne Sorgen und Probleme war. Entspannt und genußvoll schlürfte er sein Glas Tee mit Pfefferminze.

Wie er nun so ruhig und behaglich dasaß, flog plötzlich ein riesiger Vogel über seinen Laden hinweg und ließ sich nach bedächtigem Kreisen auf dem knorrigen Olivenbaum vor der Moschee nieder. Milud betrachtete ihn eine Weile und fand, daß er so etwas noch nie gesehen hatte. Ein seltsamer Vogel, häßlich wie eine Eule, eiterfarben wie eine Gabelweihe, bösartig wie ein Habicht. Milud ahnte, daß es einer von diesen Unglücksvögeln sein mußte, die Unheil und Katastrophen verheißen. Er sprang auf und drohte ihm mit dem Stock. Aber der merkwürdige Vogel blieb aufrecht und gleichgültig auf dem Ast sitzen. Erst als Milud den Stock nach ihm werfen wollte, stieß der Vogel einen eigenartigen Schrei aus, dessen Echo im stillen Dorf widerhallte. Gelassen schwang er sich in die Luft und kreiste mit gräßlichen Klagelauten über den Häusern. Milud sah ihm bedrückt nach, bis er hinter den kahlen Höhen verschwand.

In dieser Nacht kam Milud nach Hause, ohne das Abendgebet verrichtet zu haben. Er mochte sich nicht zu seiner Frau und den Kindern setzen. Beunruhigt und sorgenvoll zog er sich in sein Zimmer zurück. Als seine Frau ihm das Abendessen hinstellte, befahl er ihr unwirsch, es gleich wieder abzuräumen. Sie fügte sich ohne Widerrede, denn an seiner finsteren Miene bemerkte sie, daß ihn wohl wieder eines dieser Männerprobleme beschäftigte. Still ging sie zurück zu den Kindern, die draußen herumtobten.

Lange grübelte Milud mit hochgezogenen Schultern über den seltsamen Vogel, und sobald er nur an den schrecklichen Schrei dachte, den dieser ausgestoßen hatte, raste sein Herz, und Kälteschauer schüttelten ihn. Noch trostloser wurde ihm zumute, als ihm die Gruselgeschichten einfielen, welche man sich von Unglücksvögeln erzählte.

Eine von ihnen hatte er schon als Kind gehört: Eines Abends, so die Erzählung, flog ein Vogel von wunderlicher Gestalt und Farbe über das Dorf hinweg. Mit seinem Kreischen erschreckte er die Frauen, Kinder und Hühner. Der Heilige *Sidi* Ahmad Ibn Abi Said aber verkündete den Männern, die sprachlos vor Entsetzen dastanden und zum Himmel starrten: »Wehe über euch durch diesen Vogel!« Nur zwei Tage später fegte ein heftiger Sturm die Dächer von den Häusern und Hütten und begrub ihre Bewohner darunter. Saaten und Felder wurden verwüstet und viel

Vieh vernichtet. Nun erinnerte Milud sich auch wieder an den Spruch seiner weisen und frommen Vorfahren: »Setzt sich die Eule aufs Dach und schreit dabei, ist's mit dem Hausherrn bald aus und vorbei.« Auch seine bereits verstorbene Großmutter sprach jedesmal, wenn sie eine Eule rufen hörte: »Gott wehre dem Bösen!«

Milud bereute jetzt, daß er den Männern in der Moschee nichts von dem Vogel erzählt hatte, denn sicherlich hätten sie Furcht und Sorge mit ihm teilen können. Ob er seine Frau rufen sollte, überlegte er, sie könnte sich zu ihm setzen und ihn von diesem Druck befreien, der ihn peinigte und nicht zur Ruhe kommen ließ. Doch gleich verwarf er den Gedanken wieder. Frühere Versuche hatten ihn gelehrt, daß Weiber bei solchen Dingen einfach nicht zu gebrauchen waren.

Schwerfällig wie eine Herde satter Ochsen kam die Nacht, und Milud saß vollkommen regungslos. Voller Angst mühte er sich, das Rätsel, das ihm an diesem verfluchten Abend aufgegeben worden war, zu lösen. War vielleicht jemand krank im Dorf? In Gedanken ging er die Häuser durch. Aber da war alles bei bester Gesundheit, wenigstens dem Anschein nach. Sogar Scheich Saleh, der auf die Achtzig zuging und gerade dieses Jahr von vielen Krankheiten heimgesucht wurde, war erst vor zwei Tagen an seinem Laden vorbeigekommen. Kerzengerade ging er, mit festem Schritt, wie einer in den Vierzigern. Und was war mit Mahrija? Die hatten sie in größter Eile ins städtische Krankenhaus gebracht, weil sie auf der Straße umgefallen war. Aber seit einer Woche befand sie sich bereits wieder daheim, mit roten Wangen und einem Gesicht, das vor Gesundheit und Jugend nur so strotzte.

Wahrscheinlich hatte das alles gar nichts zu bedeuten, denn der Tod klopft nicht an, er überfällt die Leute in jeder Situation, ob sie nun gerade beten, herumlaufen oder essen. Was aber, wenn er selber gemeint wäre? Schließlich war er der einzige, der den seltsamen Vogel gesehen und sein unheilvolles Krächzen vernommen hatte. Alles war möglich, und gegen Gottes Ratschluß gibt es kein Aufbegehren. Da kann es ohne weiteres geschehen, daß einem die Seele entweicht, während man sorglos vor seinem *Hanut* sitzt. Dann nehmen die Dörfler den toten Körper auf die Schultern, schaffen ihn unter Wehklagen und Heulen, in Staubwolken gehüllt, auf den Friedhof und werfen Erde auf den Leichnam. Anschließend gehen sie heim, um sich wieder den eigenen Angelegenheiten zuzuwenden, als sei überhaupt nichts passiert. Möglich wäre das, alles war möglich. Diese trügerische Welt währt für niemanden ewig, sagte er sich. Nur Törichte und Ketzer bauen darauf und geben sich ihren Genüssen und Illusionen hin. Trotzdem wollte er nicht so mir nichts dir nichts sterben und seine fünf Kinder, seine Frau, alle Verwandten und Freunde verlassen und auch nicht dieses Dorf, das er liebte und an dem er hing, trotz der Armut, trotz der harten Natur und des kargen Bodens. Außerdem, was sollte dann aus seiner jungen Frau werden? Sie verdrehte den Männern ja immer noch den Kopf! Und wer würde vor dem Schlafengehen mit der kleinen Halima spielen, die nicht einmal zwei Jahre alt war? Wer würde seinen Kindern Fleisch und Süßigkeiten, Festtagskleider und Schulsachen kaufen? Ja, und wer außer ihm könnte den Dörflern so lustige Geschichten erzählen, daß sie auch in der schwärzesten Not lachen mußten? Von ihm waren sie das gewöhnt, seit der Zeit, als er noch ein junger Bursche war, der tagsüber schlief und erst abends richtig in Fahrt kam. Wer anders als er war dazu in der Lage? Milud war den Tränen nahe.

Langsam dämmerte ein heißer Tag herauf, voller Unruhe, Sorge und dunkler Ahnung.

Ächzend und keuchend näherte sie sich dem Laden. In der grellen Sonne sah ihr breites, mit schwarzen Pünktchen betupftes Gesicht wie das Ei einer Gabelweihe aus. Ihre großen, nackten Füße wirbelten kleine Staubwolken in die stille Luft. An der Tür blieb sie stehen und rief ihm zu: »Sohn der Halima, mach mir ein Kilo Zucker zurecht, ein Kilo Salz, einen Kanister Brennstoff und, ach, mein Gedächtnis setzt wieder aus. Ich bitte Gott nur, daß ich in meiner letzten Stunde nicht die *Schahada* vergesse, ja, und auch ein bißchen Tabak! Gott erbarme sich deiner Eltern! Möge dir das Tor der Erlösung immer offen stehen!«

Nach diesen Worten sank sie erschöpft auf einen am Eingang stehenden Sack. Mit einem Zipfel ihrer abgetragenen *Milaja* fächelte sie sich Luft zu. Dicke Schweißtropfen standen auf ihrem Gesicht.

Milud dachte an den langen, beschwerlichen Weg über die kahlen Höhen, die sich zwischen dem Dorf und dem Stamm der alten Frau erstreckten. Bei der glühenden Hitze hätte er bestimmt keine hundert Meter geschafft, sie aber war das anscheinend gewöhnt. Obwohl sie schon über siebzig war, legte sie immer noch weite Strecken barfuß zurück. Wahrscheinlich lief sie sogar nachts. Einige Leute, die in die westlichen Dörfer gereist waren, hatten sie auch dort gesehen. Wie eine verirrte Seele streifte sie ruhelos umher und redete mit sich selbst. Manchmal sang sie wie die Klageweiber bei Trauerfeiern vor sich hin.

»Am Ende vom *Wadi* zwischen uns und euch liegt eine tote Eselin!« stieß die Alte, immer noch keuchend, hervor.

Milud trug schweigend alles zusammen, was sie verlangt hatte. Er vermied es, sie anzusehen.

»Hörst du mir überhaupt zu?« fuhr ihn die Alte empört an. »Ja doch«, sagte Milud. »Und was habe ich gesagt?« »Daß eine tote Eselin mitten auf dem Weg liegt.« »Nein, am Ende vom Wadi zwischen uns und euch, habe ich gesagt. Eine tote Eselin, und merkwürdige Fliegen schwirren um sie herum. Ich war so erschrocken, daß ich weggerannt bin, und das in meinem Alter! Nachher mußte ich mich übergeben, da drüben bei dem krummen Olivenbaum.«

Milud sah wieder den seltsamen Vogel vor sich. Sein Schnabel war blutig. Ein leichter Schwindel befiel ihn. »Offenbar kümmert dich gar nicht, was ich sage!« rief die Alte ärgerlich. »Ich höre dir ja zu, sogar wie mit vier Ohren statt mit zweien!« sagte Milud, während er das Salz wog. »Oh ja, und bestimmt nur deshalb, weil du ganz genau weißt, daß ich bei keinem anderen einkaufe als bei dir. Das tu ich deiner verstorbenen Mutter zuliebe. Ach, deine Mutter, sie war die beste Frau, die ich in meinem ganzen Leben gekannt habe. Gestern hat sie mich im Traum besucht und zu mir gesprochen: Hanija, ich lege dir Milud ans Herz!«

Seine Hand zitterte, als er das Salz in die Tüte füllte. Am Himmel kreiste der eiterfarbene Vogel. Mit schmerzhaften Stichen bohrte sich das Gebrumm blauer Schmeißfliegen in seine Seele. Wie ein Leichnam unter freiem Himmel quoll der Mittag auf.

»Deine Mutter besucht mich nämlich immer im Traum«, sagte die Alte, auf den leeren, weißen Weg starrend, als wolle sie die zurückgelegte Strecke schätzen. »Bist du etwa krank?« fragte sie, den Kopf zu ihm gereckt. »Nein, überhaupt nicht«, erwiderte Milud. »Wenn du nicht krank bist, dann bedrückt dich doch irgend etwas. Laß dir von deiner Tante Hanija sagen: Sorge dich nicht,

Milud, Gott richtet es immer!« sprach die alte Frau im Aufstehen. Sie zog eine Plastiktüte aus ihrem Kleiderausschnitt und verstaute darin ihre Einkäufe.

»Ich werde ein kleines Nickerchen unter dem krummen Olivenbaum machen«, meinte sie. »Nach Hause gehe ich erst bei Sonnenuntergang. Da will ich aber die Stelle meiden, wo die tote Eselin liegt, damit ich mich nicht noch einmal übergeben muß!« Sie ging mit schnellen Schritten fort. Ihr breiter Rücken wölbte sich wie ein Berghang. Milud schaute ihr nach, bis sie am Ende des Dorfes, wo die kupferfarbenen Höhen begannen, hinter der Wegbiegung verschwand.

Alles war still. Nichts rührte und regte sich, als solle die Mittagsruhe ewig währen. Die Höhen schienen auf einmal verschwunden zu sein. Nur die Bruchstücke einer Fata Morgana zitterten am Horizont wie kochendes Wasser über loderndem Feuer. Hechelnd strich ein Hund mit entzündeten Augen vorbei. Ein mickriger Esel mit blutigem Rücken suchte Schutz im Schatten des krummen Olivenbaums vor der Moschee. Weiß und leer dehnte sich der Weg wie ein müder Wanderer, der auf dem Rücken eingeschlafen ist. Der seltsame Vogel aber ging Milud nicht aus dem Kopf und hinderte ihn am gewohnten Mittagsschläfchen.

Erst Stunden später kam ein Lüftchen auf. Das Dorf räkelte sich und rieb sich nach langer Mittagsruhe schläfrig die Augen. Aus dem Wadi klangen die Stimmen der spielenden Kinder herüber. Milud hörte Jasin, seinen Ältesten, heraus. Eine ganze Jungenschar war zur Quelle hinuntergegangen. Wie ein Regenbogen waren ihre bunten Umhänge über die Erde geglitten.

Milud schloß seinen Hanut früher als gewohnt, er wollte den seltsamen Vogel nicht noch einmal sehen müssen. Er ging hinüber zu Salem al-Ahmars Laden, wo sich die Männer jeden Abend versammelten und bis spät in die Nacht zusammensaßen. Wie immer spielten sie Karten, schrien und lachten und besprachen die bevorstehenden Festtage und Hochzeiten. Er setzte sich und sah ihnen zu.

Der lahme Larbi wollte seine Rivalen wieder einmal erschrecken und brüllte, mit seinem Holzbein aufstampfend: »Alle mal herhören! Ich sag's euch noch mal, in der ganzen Gegend kommt mir keiner gegen dieses Bein an!«

Die Zuschauer lachten schallend. Milud wollte mit einstimmen, aber irgend etwas schnürte ihm die Kehle zu und bedrückte sein Herz. Als die Dunkelheit hereinbrach, wurden seine Schultern immer schwerer. In ihm wisperte die Unruhe, nagte die Angst, und die Stimmen der Männer und ihr Gelächter drangen wie Schreie aus einem tiefen Brunnen zu ihm. Leise schlich er sich hinaus. Salem al-Ahmar, der gerade das Feuer im Ofen schürte, rief ihm nach: »Warum so eilig heute abend, Sohn der Halima?« »Ich fühle mich nicht ganz wohl«, antwortete Milud, ohne sich umzudrehen. »Mach dir nichts draus, Mann«, sagte Salem al-Ahmar. »Die Welt ist ein Weib! Sie kommt und geht. Mal sperrt sie sich, mal stürzt sie sich auf dich und läßt dich nicht wieder los, bis sie dich soweit hat, daß du sie flachlegst!« Er stieß ein trockenes Lachen aus, das Milud wie ein Dorn ins Herz stach.

Er irrte im Ölbaumhain umher und stieg hinunter in das Teufelswadi. In die stille Sommernacht lauschend, atmete er den Duft von Oleander und Thymian. Schließlich ging er nach Hause.

Als er seine Frau vor der Tür stehen sah, wußte er, nun war es soweit. Alle Sorgen und Ängste, die ihn seit Stunden quälten, waren Wirklichkeit geworden! Wie Stürme, die an schwachen Pflanzen zerrten, würden sie sein Leben durcheinanderschütteln. Entsetzen erfaßte ihn. Am liebsten wäre er davongelaufen. Weit fort, nur dem Grauen entkommen, das schon auf ihn herabstoßen wollte!

»Hast du Jasin gesehen?« rief seine Frau. »Bis jetzt ist er nicht zurück. Ich dachte, er wäre bei dir!«

Er vernahm die Worte ganz deutlich und wollte ihr sagen, daß er Jasin unter den Jungen, die im Wadi spielten, herausgehört hätte, als er merkte, daß seine Stimme versagte. Sprachlos erstarrte er, während sie wie ein Geist vor der Tür stand. »Hörst du mich denn nicht, Jasin ist noch nicht da! Ich mache mir Sorgen!«

Ja doch, er hörte sie genau, er merkte, wie angstvoll ihre Stimme bebte. Aber dieses Würgen im Hals wurde immer schlimmer. Der Boden unter seinen Füßen schien wegzurutschen, und der Himmel war wie mit schwarzem Blut bespritzt.

Seine Frau trat zu ihm, schüttelte ihn mit aller Kraft und schrie: »Ich sage dir, dein Sohn ist bis jetzt nicht zurück! Und du sagst kein Wort!«

Ein schreckliches Krächzen durchdrang die Luft und mischte sich in die Klagen seiner unglücklichen Frau. Unmittelbar darauf geriet das Dorf in Aufruhr. Überall rührte und regte es sich. Lichter, Lärm, Rufe und Hundegebell erfüllten die heiße Sommernacht.

Milud stand wie versteinert. Seine Frau jammerte und stampfte verzweifelt mit den Füßen. Dann hörte er eine Stimme wie aus der Ferne sagen, Salem al-Ahmars Sohn sei der letzte gewesen, der Jasin kurz vor Sonnenuntergang noch gesehen habe. Jasin habe zu ihm gesagt, er wolle noch bei seinem Vater im Hanut vorbeischauen.

»Und? Ist Jasin bei dir vorbeigekommen?« fragten viele Stimmen. Die Gesichter, die ihn im schwachen Lampenschein anstarrten, waren wie Fratzen aus einem bösen

Alptraum, und er hing einsam und frierend am dünnen Faden zwischen Leben und Tod. Irgendwann würde er in die Finsternis stürzen, begleitet vom Krächzen des Unglücksvogels.

»Laßt ihn in Ruhe, es geht ihm nicht gut, suchen wir lieber schnell nach dem Jungen, bevor es zu spät ist!« rief ihnen Salem al-Ahmar zu.

Sie zerstreuten sich in alle Richtungen. Milud fiel auf den Boden und starrte in die Nacht, die plötzlich von einem lauten Brausen erfüllt war, als rausche eine große Regenflut durch die Wadis.

Frauen, Männer und Kinder waren damals von der Landpolizei verhört worden. Jasin lag schon lange unter der Erde. Aber Salem al-Ahmar erzählte noch immer seine Geschichte, und alle lauschten gespannt, als ob es das erste Mal wäre: »Hört zu, Männer, ich sage euch, des Gläubigen Herz ist stets sein bester Führer. Damals, an dem Abend, als Milud in meinen Hanut kam und finster und besorgt aussah, eben ganz anders als sonst, da wußte ich gleich, es würde irgend etwas Schlimmes passieren. Glaubt mir, ich habe es kommen sehen. Gott möge mir die Zunge abschneiden, wenn ich übertreibe oder nicht genau berichte, was sich zugetragen hat. Als ich an jenem verwünschten Abend gerade nach Hause gehen wollte, brach draußen der Lärm los. Sofort ging ich zu Miluds Haus. Dabei wußte ich ja noch gar nicht, daß es um seinen vermißten Sohn ging! Wie ich euch aber schon sagte, des Gläubigen Herz ist stets sein Führer. Also, bei der Suche nach Jasin waren drei Männer bei mir, Saleh al-Ifrit, Umar al-Atrasch und al-Aidudi. Zum ersten sagte ich: ›Geh du in das Wadi zwischen uns und den Aulad Sibaa!‹ Mir war nämlich zu Ohren gekommen, daß sich dort allerlei Gesindel in der Nacht herumtreibt, das Wein säuft und Wanderer überfällt, besonders, wenn sie allein unterwegs sind. Dem zweiten trug ich auf: ›Geh zu den Hügeln im Westen, denn es kann sein, daß der Junge vom Weg abgekommen ist und die Wölfe ihn gerissen haben.‹ Den dritten schickte ich zur Quelle, denn vielleicht hatte Jasin beim Spielen Durst bekommen, hatte Wasser getrunken, und ihm war davon schlecht geworden. Mir selbst rief eine Stimme zu: ›Du, Salem, begib dich in das Teufelswadi!‹ Ich gehorchte, obwohl von diesem Ort nichts Gutes zu erwarten war.

Mein eigener Großvater, Gott erbarme sich seiner, ist dort umgekommen. An einem heißen Mittag hat ihn eine gefleckte Schlange gebissen, als er nach einer verirrten Kuh suchte. Im selben Wadi ist auch Dschumaa gestorben, der anständige Kerl. Er war nur in das Wadi gegangen, um nach einem kleinen Streit mit seiner Frau frische Luft zu schnappen. Da fällt er plötzlich um und stirbt, ohne daß er jemals über Krankheit oder Sorgen geklagt hätte. Außerdem wißt ihr ja selbst, daß sich üble Frauen und Männer von den Nachbarstämmen heimlich dort treffen und ihren Lastern frönen. Die fürchten weder Gott noch seinen Propheten. Ich jedenfalls ging in das Teufelswadi. Als ich unten ankam, ergriff mich die Angst. Ich hatte Herzklopfen wie ein kleiner Junge, der nicht gewohnt ist, im Dunkeln zu gehen. Leise und vorsichtig tappte ich vorwärts. Nach einer Weile nahm ich einen eigenartigen Geruch wahr. Zuerst dachte ich, es wäre fauliges Wasser. Aber der Geruch wurde, je weiter ich ging, immer stärker. Dann gab es keinen Zweifel mehr: Es stank nach Leiche. Ich hob meinen Stock und wandte mich dem Dickicht links von mir zu. Als ich genau davorstand, zündete ich ein Streichholz an und erkannte im Lichtschein

Jasin! Vollkommen nackt lag er mit aufgerissenem Leib. Beide Augen waren ausgekratzt. Noch nie, Männer, niemals in meinem ganzen Leben habe ich so etwas Schreckliches gesehen. Ich schrie wie ein Verrückter, und wäre nicht mein Vetter Ibrahim in dem Moment zur Stelle gewesen, der entsetzliche Anblick hätte mich umgebracht.«

Salem al-Ahmar schwieg. Er zündete sich eine Zigarette an und rauchte in kurzen, hastigen Zügen. Seine Zuhörer saßen wortlos dabei und starrten ihn mit schweißnassen Gesichtern an.

Ein wenig später setzte Salem al-Ahmar gedankenverloren hinzu: »Was mich aber völlig durcheinanderbrachte, war, daß es vom Täter des abscheulichen Verbrechens keine Spur gab. Ein Wolf, ein anderes wildes Tier oder sonst ein Lebewesen, das auf dem Erdboden herumläuft, hätte doch irgendein Zeichen hinterlassen! So aber schien es, als ob der Mörder vom Himmel gefallen wäre, seine Untat verübt hätte und wieder fortgeflogen wäre. Gott allein weiß, was da wirklich geschehen sein mag!«

Der Herbst verging trocken und öde. Mit jedem Sandsturm wurde der leere Himmel trostloser und bleicher. Die Erde bot einen häßlichen Anblick. Ihre Oberfläche war zerfressen wie ein krätziger Leib. Nach der langen Dürre waren die Tiere auf Abfälle und Reste angewiesen. Apathisch trotteten die Tage dahin wie Kühe, die vor Hunger und Durst dem Krepieren nahe sind.

Milud war seit dem Unglück unverändert. Er redete nicht, hob kaum den Blick. Nur hin und wieder seufzte er, wischte eine Träne fort oder malte mit dem Stock Zeichen in den Sand, die er gleich wieder verwischte.

Dann zog in den ersten Winterwochen die Kälte kräftig an, und der Boden war mit Eis bedeckt. Sie wollten gerade das Freitagsgebet verrichten, als sie Milud sahen, der mit geschultertem Gewehr in Richtung Wadi aufbrach.

»Haltet ihn zurück«, rief Salem al-Ahmar, »er will sich umbringen!« Frauen, Männer und Kinder stellten sich in einer Reihe vor ihm auf. »Hör mal, Milud«, sagten sie, »du bist doch ein vernünftiger Mann. Gott hat es nun mal so gewollt, das weißt du, und gegen seinen Ratschluß gibt es kein Aufbegehren.«

Miluds Augen blitzten in seinem breiten Gesicht über dem dichten schwarzen Bart, den er seit Jasins Tod nicht mehr rasiert hatte. Den Finger am Abzug, schrie er sie an: »Paßt auf, Männer, ich weiß jetzt, wer meinen Sohn getötet hat, und ich habe nicht eher Ruhe, bis ich ihm den Bauch aufschlitze und die Augen aussteche, genauso wie er es mit meinem Sohn gemacht hat!« »Komm zu dir, Mann«, rief Salem al-Ahmar und ging auf ihn zu.

Milud aber brachte ihn mit einem Handzeichen zum Stehen. »Halt, Salem!« schrie er. »Du weißt genau, daß du mir lieb und wert bist. Aber wenn du mich an meinem Vorhaben hinderst, muß ich dir diese Ladung in deine Brust feuern!«

Sie ließen ihn gehen. Mit ihren Blicken folgten sie ihm, bis er im Teufelswadi verschwunden war.

Der Winter mahlte mit harten, kalten Backenzähnen die langen Tage und Nächte der Dorfbewohner. Die Köpfe eingezogen, saßen sie breitbeinig am Feuer und warteten schweigend auf das Ende der Kälte.

Milud trieb es nun jeden Abend in das Teufelswadi, und erst nach dem Abendgebet schleppte er sich kraftlos, mit scheuem Blick heimwärts. Seine Frau erzählte, daß er sich ganze Nächte schlaflos herumwälze. Ab und zu stoße er Seufzer wie eine Eule aus.

An diesem Abend spielten die Männer wieder Karten in Salem al-Ahmars Hanut. Gerade erörterten sie die Möglichkeit, daß Milud wahnsinnig werden könne, als vom Teufelswadi Schüsse zu hören waren. Trotz der wilden Winterstürme, die den Himmel peitschten, rannten sie los. Bei demselben Dickicht, wo Salem al-Ahmar Jasins Leichnam gefunden hatte, fanden sie Miluds Gewehr. Daneben ein paar frische Blutstropfen. Weiter nichts.

Nur ein Vogel von seltsamer Farbe und Gestalt kreiste mit wildem Krächzen über ihnen.

Der Umda

für Salah Budschah, damit er dieses Ereignis nicht vergißt

Überraschend brach es über sie herein, wie einer dieser Sandstürme, die in Jahren der Dürre und Trockenheit von Süden her über sie kamen. Niemand hatte damit gerechnet, und keiner ahnte, daß es so katastrophal und verheerend werden würde.

Selbst die alte Mubaraka, die alles immer schon von weitem, und sei es vom Ende der Welt kommend, witterte, war diesmal überrascht. Als ihr klar wurde, daß alles ganz anders lief, als sie vermutet hatte, biß sie sich auf die Lippen und runzelte die Brauen. Untröstlich, daß ihre Gabe, auf die sie so stolz gewesen war, offenbar verlorengegangen war, schlug sie die Hände zusammen. Danach lief sie mit auf dem Rücken verschränkten Armen bis hinüber zum »roten Hügel«, nördlich des Dorfes. Erst hier kam sie wieder zu sich, und ihr wurde schwer ums Herz, als sie an die alten Zeiten dachte, an ihr Gedächtnis, das sie allmählich im Stich ließ, und an ihren Körper, den Schmerz und Krankheit ruiniert hatten, bis sie nur noch Haut und Knochen war.

Urplötzlich brach es los! Das kleine Dorf, das bis dahin geruhsam von dem harten, kärglichen Boden gelebt hatte, ganz zufrieden mit dem, was Gott ihm gewährte, sei es nun Gutes oder Schlechtes, verwandelte sich in einen Kriegsschauplatz. Mit Keulen, Beilen, Forken, Messern und alten Jagdflinten wurde der Kampf geführt, begleitet vom Weinen der Kinder, von Weibergekreisch, Hundegebell, Hühnergackern und dem Brüllen der Kühe und Esel. Als ob die Dörfler vergessen hätten, daß sie doch allesamt von einem einzigen Vorfahren abstammten, daß es nur einen Propheten gab, bei dem sie in Anfechtungen Beistand suchen sollten, und einen Gott, der ihre guten und bösen Taten von oben genau beobachtete!

Ganz plötzlich flammte es auf, wie ein Brand in der ausgedörrten Steppe, und verschlang das letzte Restchen Liebe, Mitleid, Unschuld und Reinheit in den Seelen und Herzen. Da kämpfte der kleine gegen den großen Bruder, der Enkel gegen den Großvater, der Onkel gegen den Neffen, der Halbwüchsige gegen den Siebzigjährigen, der Nachbar gegen den Nachbarn.

Niemand und nichts konnte dieses Feuer löschen oder eindämmen: weder das sonst so geachtete Alter noch Blutsverwandtschaft, Religion und Koran, weder das Flehen der entsetzten Frauen und die Tränen der Kinder noch die Gendarmen, die augenblicklich wieder kehrtmachten, um ihrem Offizier, der über ihre Unfähigkeit und Feigheit höhnte, zu melden: »Glauben Sie uns, Herr Offizier, eine ganze Schwadron würde nicht ausreichen, um den Streit da drüben zu schlichten!«

Vergeblich schrie auch Tante Fatima, deren Stock früher niemand zu mißachten gewagt hätte, auf die Kämpfenden ein und versuchte sie zu beruhigen und auf den rechten Weg zurückzuführen. Als sie merkte, daß ihre Stimme versagte, schlug sie sich verzweifelt auf die Schenkel und fiel ohnmächtig zu Boden. Wäre nicht ihre Schwiegertochter Halima zur Stelle gewesen, die Füße der Tobenden hätten sie zu Tode getrampelt.

So eine Schlacht hatten sie noch nie erlebt. Es war, als hätten die Menschen sich in wilde Hunde verwandelt, die um einen verwesten Leichnam kämpften, oder in Raubvögel, die sich gegenseitig die Augen aushackten. Sogar Scheich Saleh, der schon über achtzig war und in seinem langen Leben viel Unheil und Schrecken, »zum Bergeinstürzen«, wie er zu sagen pflegte, gesehen hatte, glaubte, eine Szene des Jüngsten Tages vor sich zu haben, den ihnen der Imam beim Freitagsgebet oft genug beschrieben hatte. Als die Frauen gerannt kamen und ihn anflehten, er möge doch eingreifen, sah er sie nur bedauernd mit feuchten Augen an. »Da kann man gar nichts machen, ihr Mädchen«, sagte er mit schwacher, zitternder Stimme, »die Zeiten sind anders, und die Menschen sind anders, die Alten haben nichts mehr zu sagen und nichts mehr auszurichten auf dieser Welt.« Nachdem die Frauen gegangen waren, schloß Scheich Saleh seine Haustür und bat Gott mit lauter Stimme, ihn so schnell wie möglich in seine Gnade aufzunehmen und ihm die Greuel des Weltuntergangs zu ersparen.

Was aber den blinden Scheich Musa betraf, der sich nach dem Tod seiner Frau vor zehn Jahren von den Menschen zurückgezogen hatte, so meinte dieser, daß es sich bei dem Kampfgetöse vielleicht um einen Fluch des frommen Heiligen *Sidi* Ahmad Ibn Abi Said handeln könnte, hatte dieser doch einst ihren Vorfahren, als sie ihn übel behandelten und der Zauberei und Taschenspielerei bezichtigten, prophezeit: »Ich werde über euch kommen an jenem Tag, da der Bruder das Blut seines Bruders schlürft, wie an einem heißen Tage kaltes Wasser aus dem Krug!«

Plötzlich explodierte es wie eine Bombe, und das ganze Dorf verwandelte sich in ein grauenhaftes, blutiges Panorama voller Haß und Wut. Was an Moral, Werten und

Tugenden geblieben, stürzte zusammen und war bald nur noch ein Trümmerhaufen. Vieles hatten sie schon gesehen und erlebt, aber eine solch schreckliche Katastrophe noch nie. Niemals hatten sich ihre Herzen so verhärtet wie an diesem düsteren, traurigen Herbsttag.

Früher endeten ihre Kämpfe in aller Regel, bevor sie richtig begonnen hatten. Es genügte, daß einer der würdigen Scheichs einschritt und den Streithähnen zurief: »Was soll denn das, ihr Hundesöhne?!« Sofort verstummte daraufhin das Geschrei, die Hände erschlafften, die Gesichter erröteten vor Scham und Verlegenheit, und die Wut versickerte in der Brust wie der Fuß im heißen Sand.

Eintracht, Harmonie und gegenseitiger Beistand hatten ihr Leben bestimmt. Keiner hätte gezögert, dem anderen zur Seite zu stehen, in Stunden des Mangels und der Not zu helfen, in Zeiten des Unheils und der Schicksalsschläge Trost zu spenden. Aber all das zerfiel in einem einzigen Augenblick und zerstob im Staub der fürchterlichen Schlacht. Als hätten sie sich vorher nicht gekannt, ja sogar geliebt, nicht Salz und Wasser miteinander geteilt! Als hätte es in ihrem Leben nur Haß, Zwietracht und Streit gegeben. Sie begriffen nicht, wieso ihr Leben diese gefährliche Wende nehmen konnte, warum sie über Nacht zu reißenden Bestien geworden waren, blutrünstiger als Wölfe, die heißhungrig in die Herden einfielen.

Nur Gharsallah wußte, was dahintersteckte. »Jedes Ding hat seinen Grund«, pflegte er zu sagen. Gharsallah lebte nun schon fast dreißig Jahre im Dickicht und in den Bergen. Er schlief in Höhlen und zwischen den Gräbern, trug sommers wie winters sein grobes Wollgewand und lief barfuß bei Hitze und Kälte, ohne sich vor Schlangen oder Skorpionen zu fürchten. Früher war er ein frommer Mann gewesen, der den Koran auswendig rezitierte und den Leuten vorbetete. Er hatte Zainab geheiratet, Abul-Kasems Tochter, eine blendend schöne Frau, hochgewachsen, mit angenehmer Stimme, und hatte fast ein ganzes Jahr mit ihr in bester Eintracht gelebt. Dann änderte sich auf einmal sein Verhalten. Er fing an, sie zu verprügeln, redete seltsames Zeug und fiel grundlos über die Leute her. Eines Tages war er verschwunden. Als seine Frau erwachte, war sein Schlafplatz noch warm, aber von ihm war keine Spur zu sehen. Sie wartete einen Tag, drei Tage, eine Woche, einen Monat, ein halbes Jahr, dann war ihre Geduld am Ende. Sie packte ihre Sachen und kehrte, laut schluchzend, in das Haus ihres Vaters zurück.

Nachdem Gharsallah ein ganzes Jahr verschwunden war, machten sich seine vier Brüder auf und suchten ihn landauf, landab. Da sie keine Spur von ihm fanden, kehrten sie verzweifelt und niedergeschlagen heim und glaubten, sie würden ihren Bruder niemals wiedersehen. Aber genau fünf Jahre später, an einem stürmischen Regentag, tauchte Gharsallah wieder auf. Sein Bart war lang gewachsen, er trug ein verfilztes Wollgewand. Auf dem Rücken schleppte er einen Beutel mit Koranexemplaren, Tintenfaß und Schreibrohren. Die Leute umringten ihn und überschütteten ihn mit Fragen, um den Grund für sein seltsames Verschwinden zu erfahren. Gharsallah starrte wohl eine Stunde lang prüfend, mit flackerndem Blick in ihre Gesichter, dann hörten sie ihn sagen: »Von diesem Augenblick an habe ich nichts mehr mit euch zu schaffen, genauso wenig wie *Salih mit dem Stamm der Thamud!*« Noch am selben Tag verschwand er im Dickicht und hielt sich seitdem dort auf. Nur gelegentlich kam er ins Dorf und redete kaum mit den Leuten.

Vom »Geisterhügel« westlich des Dorfes beobachtete Gharsallah schon seit etwa einer Stunde den Verlauf der Schlacht und zog sich nun tiefbekümmert in eine Höhle zurück. Ja, er kannte die Ursachen dieses Unglücks, das über das Dorf und seine Bewohner hereingebrochen war. Seit Jahren hatte er es erwartet, nachdem die neue Regierung über das Land und die Menschen gekommen war.

Die alte Regierung war weit entfernt gewesen, weiter als der Himmel, und nur einmal im Jahr entsandte sie ihre Soldaten auf schwarzen Maultieren, um die Bauernsöhne einzuziehen. Danach verschwanden sie wieder und überließen die Leute der Dürre, den Heuschrecken, den Hungersnöten und den gelben Sandstürmen. Die Menschen nahmen ihr Schicksal an, ohne sich viel darum zu scheren. Ihr Leben war oft schwer und hart, doch sie brachten füreinander stets genug Geduld und Hilfsbereitschaft, Solidarität, Liebe und Eintracht auf. Ein heißer Tee an einem kalten Tag, ein paar Regentropfen nach langer Trockenheit, wilde Feigen, die sich rot färbten, eine Kuh, die kalbte, Mandelbäume, die erblühten, ein Knabe, der beschnitten wurde, ein Mädchen, das ihrem Bräutigam zugeführt wurde, ein Soldat, der gesund aus dem Krieg heimkam, ein Märchen von Rittern, schneller als der Wind, oder von Prinzessinnen, die sich in ihrem Haar verhüllen konnten, all diese kleinen Dinge, diese einfachen Vorfälle, genügten schon, daß Freude in die Häuser und Seelen einzog, daß die Herzen froh und glücklich pochten und die Menschen ein Lied anstimmten.

Die alte Regierung hatte sie nicht etwa gerechter oder gütiger behandelt, aber wenigstens vergällte sie ihnen nicht das Leben, denn sie mischte sich nicht in ihre Angelegenheiten ein und kontrollierte sie nicht in ihrem Tun und Lassen, wie es die neue Regierung tat.

Am Anfang waren sie gekommen, hißten die Fahne der Unabhängigkeit und hängten überall das Konterfei des neuen Staatsoberhauptes auf. Anschließend hielten sie Reden und versprachen den Leuten ein würdigeres Leben, frei von Armut, von Krankheiten und ohne Unterschiede zwischen den Menschen. Die Dörfler, Groß und Klein, Männer und Frauen, lauschten diesen honigsüßen, angenehmen Worten und brachen unter Beifallsstürmen in Hochrufe aus: »Es lebe der große Führer! Er lebe hoch! Hoch!«

Später kamen diese Männer von Zeit zu Zeit wieder ins Dorf und wiederholten ihre Versprechungen. Und sie klatschten dazu und ließen den Präsidenten hochleben. Die Jahre gingen dahin, und es war immer dasselbe: Reden, Versprechungen, Beifall und Hochrufe. Aber nach und nach verschärfte sich der milde Tonfall der Herren. Ihre Versprechungen wurden spärlicher, ihre Befehle dafür zahlreicher: »Ihr müßt der Regierung gehorchen und in Freud und Leid zu ihr stehen! Wie in einer Front müßt ihr euch hinter den großen Führer des Landes stellen! Ihr müßt euch gegen jeden zur Wehr setzen, der vom geraden Weg abweicht und gegen die Regierung rebelliert!«

Eines Tages war Schaaban, der Sohn Hanijas, der »Triefäugigen«, dann aufgestanden. Er war ein kleiner, dürrer Mann, der schielte und für seine Kühnheit und scharfe Zunge berühmt war. Er sagte zu den Männern, die den Leuten jedesmal fetter und eingebildeter vorkamen: »Hört mal her, ihr verehrten Herren, das Maß ist voll, es läuft schon über. Seit zehn Jahren versprecht ihr uns alles mögliche, ohne ein einziges Mal irgendein Versprechen einzulösen. Wie ihr seht, geht es uns noch genauso wie damals, bevor ihr kamt, ja, ich kann sogar behaupten, daß es uns schlechter geht als je zuvor.«

Schaaban hatte noch nicht ausgeredet, als sich die drei Soldaten, die jene Herren gewöhnlich bei ihren Besuchen begleiteten, auf ihn stürzten und ihn in ihren Jeep stießen. Dann rasten sie mit ihm davon, und niemand wußte, wohin. Ungefähr ein halbes Jahr blieb er verschwunden, danach kam er mit geschwollenen Beinen, Prellungen und Schrammen am ganzen Körper zurück. Er machte ein Gesicht, als hätte er den Verstand und das Gedächtnis verloren. Als ihn die Leute fragten, was die Soldaten mit ihm angestellt hätten, begann er zu zittern, stieß einen lauten Schrei aus und weinte lange.

Seit Schaaban verhaftet und von den Soldaten so zugerichtet worden war, herrschte solche Angst unter den Dörflern, daß sie jedes Wort erst siebenmal im Mund herumdrehten, bevor sie es aussprachen. Sie vermieden alle Gespräche, die auch nur im entferntesten mit Politik oder der neuen Regierung zu tun hatten. Wenn die Herren sie besuchten, war ihnen jedes Mittel recht, ihre vollkommene Loyalität gegenüber dem einzigartigen Landesführer zu bekunden. Sie brauchten nur seinen Namen zu hören, und schon klatschten ihre Hände Beifall, brüllten sie Hochrufe: »Es lebe der große Führer! Er lebe hoch!«

Im Laufe der Zeit schlich sich die neue Regierung wie eine gefleckte Schlange in ihre Häuser, Köpfe und Herzen und ließ nicht mehr von ihnen ab, ob sie nun beteten oder aßen, den Boden pflügten oder ihre Frauen beschliefen. Über Nacht verbreitete sich Betrug und Heuchelei, wuchs Haß und Mißgunst, mehrte sich Verleumdung und Denunziation, bis keiner dem anderen mehr trauen konnte, nicht einmal seinen eigenen Angehörigen. Manche klopften hinter dem Rücken der anderen an die Türen der Obrigkeit in der fernen Stadt und flüsterten: »Meine Herren, bei meinem Nachbarn hängt kein Bild vom Präsidenten, ihr Herren, mein Vetter hat gesagt, daß uns die Regierung betrügt und anschwindelt, meine Herren, mein Onkel Ali beschimpft Sie, er sagt, Sie wären Räuber und bestechliche Heuchler, die einem bloß Plunder andrehen und hinterher den Käufer auslachen, meine Herren, der einäugige Ammar, der direkt hinter der Moschee wohnt, hat gesagt, daß der große Führer senil sei und Wahrheit nicht mehr von Lüge unterscheiden könne, meine Herren, meine Herren, meine Herren.«

Vom Hügel aus beobachtete Gharsallah die Etappen der schrecklichen Verwandlung im Leben der Dörfler, ohne etwas dazu zu sagen. Wie sollte er auch, da doch ringsum alles von Spitzeln, Spionen und gedungenen Subjekten der neuen Regierung wimmelte.

Eine Zeitlang lauschte Gharsallah noch dem Kampfgetöse, das stetig lauter und heftiger wurde, dann drehte er sich um und fiel in einen tiefen Schlaf.

Aber nun laßt uns die Geschehnisse rekonstruieren, wie sie sich nacheinander zugetragen haben, damit wir das Panorama in allen Details und Aspekten erkennen und die eigentlichen Hintergründe und Ursachen für die Vorfälle im Dorf Masjuta erfahren, jenem armseligen Nest im Dorngestrüpp, wo das Leben eine einzige Plage ist, wo es kaum Wasser und keine göttliche Barmherzigkeit gibt, oder fast keine.

Es war am Ende jenes schlimmen, stickigen Sommers. Soeben wollte sich der *Umda* Abd ar-Rahman von seinem tiefen Mittagsschlaf erheben, da kippte er einfach um und war auf der Stelle tot.

Er war ein Mann in den Sechzigern, dickleibig wie ein Elefant, mit einem Schädel wie ein Felsbrocken. Das dunkle Gesicht war aufgeblasen vor Arroganz und Härte, und die geröteten Augen rollten die ganze Zeit in ihren Höhlen herum. Über den wulstigen Lippen, die vom vielen Rauchen bläulich verfärbt waren, hing ein schmaler Bart. Mit seiner lauten Stimme erschreckte er kleine Kinder und Leute mit schwachen Herzen.

Abd ar-Rahman war kurz nach der Unabhängigkeit zum Gemeindevorsteher des Dorfes Masjuta ernannt worden. Schon vorher war er ein wohlhabender Bauer gewesen, der von seinem Vater einen ausgedehnten Landbesitz mit Oliven- und Mandelplantagen, große Kuhherden und anderes Weidevieh sowie Pferde und Maulesel geerbt hatte. Weil er ein grober, hartherziger Mann war, der von früh bis spät nur schlechte Laune hatte, gingen ihm die Einwohner von Masjuta aus dem Weg. Lieber wären sie vor Hunger krepiert, als ihn um Hilfe zu bitten.

Als die Männer der Regierung zum ersten Mal ins Dorf kamen, lud sie Abd ar-Rahman sofort in sein Haus ein und bereitete ihnen ein wunderbares Gastmahl, wie sie noch keines erlebt hatten. Von da an gingen sie bei ihm ein und aus, berieten sich in allen kleinen und großen Dingen mit ihm und fragten bei allen Entscheidungen erst nach seiner Meinung. Als sie ihn zum Umda machten, hielten sie in der heißen Sonne eine Rede. Sie hätten gerade ihn auserkoren, sagten sie, weil er ein aufrechter Patriot mit sauberen Händen und reiner Zunge sei. Die Einwohner von Masjuta waren vor Schreck wie vom Donner gerührt, als sie das hörten, aber sie verhielten sich still. Nach der Rede, die mehr als zwei Stunden dauerte, ließen sie die Köpfe hängen und trotteten wie eine Hammelherde, die zum Schlachten abgeführt wird, nach Hause.

Nachdem Abd ar-Rahman Gemeindevorsteher geworden war, benahm er sich noch aufgeblasener und hochnäsiger. Er stolzierte herum, schwafelte wie die Männer der

Regierung und schlug genau wie sie mit der Faust auf den Tisch, wenn er einen neuen Beschluß bekanntgab oder irgendeine Weisung verkündete. Er war radiosüchtig, vor allem nach dem Programm »Richtlinien des Präsidenten«, das zweimal täglich gesendet wurde. Besonders gern trug er dann einige dieser »Richtlinien« den Leuten vor, die sich vor seinem Büro versammelt hatten. War er damit fertig, sah er sie scharf an und schrie: »Wehe dem, der sich nicht an die Vorschriften des Herrn Präsidenten hält!«

In jenem Sommer war die Trockenheit unerträglich. Quellen und Brunnen versiegten, viele Tiere gingen ein. Die Frauen mußten weit über Land gehen, um Wasser zu holen. Nachdem die Leute lange beraten hatten, beschlossen sie, sich an den Umda zu wenden. Eine ganze Stunde warteten sie vor seinem Haus. Dann trat er mit verschlafenem, zornigem Gesicht zu ihnen heraus.

»Was wollt ihr denn?« brüllte er sie wutschnaubend an. »Umda, Gott steh dir bei und gebe dir ein langes Leben, die Dürre hört nicht auf, unsere Lage ist schlimm, der Durst setzt uns zu, das Vieh krepiert.« »Und was soll ich da machen?!« schrie er. Sie wechselten Blicke, dann sagten sie leise, und ihre Stimmen klangen, als sprächen sie aus einem tiefen Brunnen: »Informiere die Regierung.«

»Was?!« brüllte der Umda. Sein Gesicht lief blau an, seine Halsadern traten hervor. Auf der breiten Stirn und dem fetten Nacken schimmerten Schweißtröpfchen. »Die Regierung soll ich informieren? Was kann denn die Regierung gegen das von Gott verhängte Schicksal ausrichten?! Ihr glaubt wohl, sie könnte dem Himmel befehlen zu regnen? Los, redet, sagt mir, was könnte die Regierung tun, noch dazu für solche Faulenzer wie euch, die undankbar sind und Laster und Ketzerei aller Art verüben, na los, redet schon!«

Der Umda schrie sie an, sie aber schwiegen, gingen in ihre Häuser und berieten noch einmal von vorn über die Sache. Kurz vor dem Abendgebet fanden sie endlich eine Lösung, mit der alle einverstanden waren: Morgen früh, wenn der Umda und die allgegenwärtigen Spione noch schliefen, würden sie sich in die Stadt begeben und der Obrigkeit ihre Lage und ihre Sorgen schildern.

So geschah es dann auch, und am Morgen standen sie bereits vor Sonnenaufgang vor der Regierungsbehörde. Zwei volle Tage klopften sie an die Türen und traten sich die Füße an den Schwellen ab, doch ohne Ergebnis. Niemand öffnete ihnen, niemand wollte sie anhören, ja nicht einmal für eine einzige Minute ansehen. So kehrten sie staubbedeckt ins Dorf zurück, mit den Füßen schlurfend wie Soldaten, die aus einem verlorenen Krieg heimkehren. Nach dieser Geschichte drangsalierte sie der Umda Abd ar-Rahman nur noch mehr, bis sie wünschten, die Erde würde sich plötzlich auftun und sie verschlingen, damit sie endlich vom Jammer dieser Welt befreit wären.

Der Tod des Umda überraschte sie, als sie gerade ihr Mittagsschläfchen hielten. Sie rieben sich die Augen, dann reckten sie hinter den Türen ihrer Lehmhäuser die Hälse und lauschten heimlich. War er auch wirklich tot?

Das Klagegeschrei seiner Frau und seiner Töchter stieg wie eine gewaltige Stichflamme gen Himmel. Ja, der Umda war wirklich tot, denn auch ein Tyrann muß einmal sterben, und es mag sein, daß die Menschen auf Erden in Rangstufen eingeteilt sind, vor dem Tod aber sind alle gleich.

Sie taten, als ob sie trauerten, und versammelten sich vor dem Haus des Umda, Groß und Klein, Männer und Frauen. Als die Regierungsleute eintrafen und die Vorzüge des Verblichenen aufzählten, nickten die Dörfler zu jedem Wort. Wie lange sie auch reden mochten, die Trokkenheit, die ihr Dorf von Zeit zu Zeit heimsuchte, hörte davon noch lange nicht auf. Ja doch, der Verstorbene war ein hervorragender Mann gewesen, ein Wohltäter und glühender Patriot, der seinem Dorf wie kein anderer diente und die Einwohner wie niemand sonst unterstützte, der die Weisungen der Regierung zuverlässig und treu erfüllte und das nationale Wohl über sein persönliches Wohlergehen stellte. Wirklich, ein vorbildlicher Bürger des neuen unabhängigen Staates war er gewesen.

Am darauffolgenden Vormittag wurde der Umda beerdigt, und sie vergossen am Grab ein paar Krokodilstränen. Kaum aber waren die Zeremonien beendet, da befaßten sie sich nur noch mit jener Sache, die anschließend zum Ausbruch der erbitterten Schlacht führte.

Oh ja, mir allein gebührt das Amt des Umda, dachte Salem al-Ahmar, nachdem seine Frau und die Kinder schlafen gegangen waren. Jawohl, mir allein. Ich habe dem Umda wie kein anderer gedient. Wie sein Auge beobachtete ich alles, wie seine rechte Hand ließ ich ihn niemals im Stich. Er konnte mir blind vertrauen, und alle Verschwörungen, die gegen ihn angezettelt wurden, habe ich augenblicklich vereitelt, und die Regierung weiß das genau. Der Verstorbene, Gott gewähre ihm das Paradies, hat meine Vorzüge gegenüber den Männern der Regierung ja immer herausgestrichen und meine Aufopferung für sie und den ruhmreichen unabhängigen Staat stets hervorgehoben, genauso wie meine Ergebenheit für die Ideen und Richtlinien des großen Führers, Gott möge ihn dem Vaterland erhalten! Oh ja, ganz bestimmt weiß das die Regierung. Ich muß nur schnell in die Stadt gehen und die Obrigkeit in mein Haus einladen. Einen Hammel werde ich für sie schlachten, zwei Hammel, wenn es sein muß, so wie es der Verstorbene gemacht hat, bevor sie ihn zum Umda ernannten. Sicher gibt es da noch andere, die jetzt schon auf das Amt scharf sind. Also muß ich handeln, bevor es zu spät ist, und ihnen wieder einmal beweisen, daß ich fähiger bin als sie alle zusammen, daß ich immer ins Schwarze treffe. Jawohl, das muß ich ihnen unbedingt beweisen. Am besten sollte ich gleich morgen früh, noch vor der Morgendämmerung, in die Stadt aufbrechen. Sicher werden mich die Männer der Regierung mit offenen Armen empfangen und mir alle Wünsche erfüllen, ehe ich überhaupt den Mund aufmache, davon bin ich vollkommen überzeugt. Heute bei der Trauerfeier habe ich wohl bemerkt, daß sie sich vor allem für mich interessierten. Ich habe es deutlich in ihren Augen gelesen: der künftige Umda bin ich, der Umda des ganzen Dorfes. Die Leute werde ich schon fest im Griff haben und an die Kandare nehmen, die erfüllen meine Befehle, und wäre es gegen ihre eigenen Interessen. Wenn sie nur meine Stimme hören, werden sie vor Angst schlottern, genau wie bei dem Verstorbenen. Jede Woche werden die Männer der Regierung in mein Haus kommen, sich zu mir neigen und mir ein paar Geheimnisse der Obrigkeit ins Ohr flüstern oder meinen Rat in irgendeiner Sache einholen. Mit übereinandergeschlagenen Beinen höre ich ihnen dann zu, und da unten grämen sich meine Feinde vor Neid zu Tode. Ich muß mich also beeilen. Morgen früh, noch vor dem Morgengrauen, werde ich dort sein.

Nachdem Scheich Uthman das Abendgebet verrichtet hatte, zog er sich von Weib und Kindern zurück und versank in tiefes Nachdenken. Eigentlich hätte er damals Umda werden müssen, Abd ar-Rahman war nur schlauer und schneller gewesen. Doch das war jetzt ohnehin egal, vorbei ist vorbei. Jetzt mußte er die Dinge zurechtrücken, ehe es wieder zu spät war. Zugegeben, er war bereits über Sechzig, und der Zucker machte ihm zu schaffen. Aber sein Ältester, der Ali, wurde dieses Jahr Dreißig, der könnte das Amt ausüben, daß nichts zu wünschen übrigbliebe. Deshalb mußte er alles in seinen Kräften Stehende unternehmen, daß sein Ali Umda wurde. Und warum auch nicht?! Ali war ein tüchtiger, kluger Junge, er verdiente Achtung und Respekt, genau wie sein verstorbener Großvater. Bestimmt würden ihn die Leute sogar noch mehr verehren als den Umda Abd ar-Rahman, und gewiß werden die Regierungsmänner nicht zögern, den Vorschlag anzunehmen. Wie oft hatte er den großen Führer im Rundfunk sagen hören, die Jugend sei die Zukunft der Nation, ihr Rückgrat sozusagen, und eine Nation ohne Jugend sei wie ein Leib ohne Seele. Was für wohlgesetzte, weise Worte. Doch damit nicht genug, er hatte sehr wohl bemerkt, daß die Männer von der Regierung bei ihren Besuchen im Dorf seinen Ali immer besonders auszeichneten, sie standen lange bei ihm und unterhielten sich mit ihm. Kein Wunder, denn sein Ali war ja hochgebildet, obwohl er nicht einmal das Grundschulzeugnis besaß. Jeden Tag las er die Zeitung, hörte Rundfunksendungen vom Orient und vom Okzident. Er war der einzige im ganzen Distrikt, der ausführlich und klar über alles, was in der Welt so vor sich ging, mitreden konnte, ganz besonders über den langen Krieg zwischen den Arabern und Juden. Vielleicht ist der Umda Abd ar-Rahman deswegen so eifersüchtig auf ihn gewesen, und so neidisch, immer hatte er versucht, ihn herabzusetzen. Also mußte er das Eisen schmieden, solange es heiß war, und sich die Gelegenheit nicht zum zweitenmal selbst verderben. Am besten, er ginge so bald wie möglich in die Stadt, damit er die maßgeblichen Leute als erster in dieser Sache anspräche. Vielleicht bereits morgen, ganz früh? Oh ja, ganz früh, vorausgesetzt, es bekam niemand Wind davon, außer natürlich seinem Sohn Ali, der mußte sich ja bereithalten. Aber seiner Frau würde er nichts sagen. Weiber sind geschwätzig, wenn ihr nur ein Wort herausrutschte und jemand es aufschnappte, wäre alle Mühe umsonst.

Die Nacht war drückend heiß, die Grillen zirpten. Saad verließ das Dorf, das sich schlafen gelegt hatte, und schlenderte durch die Felder. Jetzt kam die Stunde der Rache. Die wußten alle genau, daß er, Saad, viel würdiger als Abd ar-Rahman oder sonst einer war, das Amt des Umda zu übernehmen. Schon in den schweren Zeiten hatte er der nationalen Bewegung wie kein anderer gedient, das Teuerste und Kostbarste hätte er dafür hergegeben. Als der große Führer noch im Exil weilte, verbreitete er schon seine Ideen und Richtlinien unter den Menschen und sorgte dafür, daß sie sich fest daran hielten. Die hatten ja keine Ahnung, was damals überhaupt ablief. Er aber stand in ständigem Kontakt zur Führung der nationalen Bewegung und ihren Kämpfern. Ein oder zwei Mal wöchentlich ging er in die Stadt, um sich mit ihnen zu beraten und abzustimmen. Dabei hätte er ohne weiteres eingelocht oder umgelegt werden können, und nur durch seine Erfahrung, Klugheit und Schlauheit entschlüpfte er allen Schlingen, die ihm die französischen Gendarmen und ihre Spitzel gelegt hatten, von denen es mehr als Haare auf dem Kopf gab. Niemals hätte er erwartet, daß die Dinge einmal so laufen würden, wie sie gelaufen waren. Unbegreiflich war auch, daß die neuen Regierungsleute ihre Verantwortlichkeiten so leicht an einen Kerl von üblem Lebenswandel, Verhalten und Charakter wie Abd ar-Rahman verkaufen konnten, nie hätte er das gedacht. Als das Land gewaltige Ereignisse durchlebte und tödlichen Gefahren ausgesetzt war, beschäftigte sich Abd ar-Rahman ausschließlich mit seinen Privatangelegenheiten, stellte den Weibern nach und ertränkte sich im Wein, und das war alles, was er tat. Aber kaum wurde die Unabhängigkeit proklamiert, da wechselte er die Maske, verkündete großmäulig seinen Patriotismus und hängte das Bild des Präsidenten sogar in seinem Schlafzimmer auf. Obwohl die Regierungsleute doch ganz genau über seine Vergangenheit Bescheid wußten, drückten sie ein Auge zu und vergaßen alles, sobald er sie zu seinem großkotzigen Festmahl einlud. So eine Schande, ein Skandal, wo war er denn, der aufrichtige Patriot mit den sauberen Händen und der reinen Zunge, über den sie von früh bis spät daherredeten?! Da genügten wohl schon ein Hammel und eine Schale Kuskus, daß die Anweisungen des Präsidenten in Schall und Rauch aufgingen. Aber nicht doch, nein, der einzigartige Präsident war daran vollkommen unschuldig. Diese kleinen Bonzen, die waren die Ursache allen Übels. Wenn der Präsident nur wüßte, was sie in diesen ausgedörrten Landstrichen alles anstellten, würde er ihnen schön auf die Finger klopfen und sie in die Schranken weisen. Doch was nützte es jetzt, über diese Dinge zu reden. Abd ar-Rahman war tot, und jetzt war es an ihm, sich diese neue Chance nicht entgehen zu lassen. Am besten, er machte sich sofort in die Stadt auf, um die Regierungsleute zu treffen, ihnen die Lage ausführlich und detailliert zu schildern und sie zu überzeugen, daß er der Würdigste für das Amt war. Falls sie sich aber nicht überzeugen ließen, wäre er allerdings gezwungen, in die Hauptstadt weiterzufahren und den höchsten staatlichen Stellen die Wahrheit über gewisse Vorfälle zu enthüllen und sie über die Bestechungs- und Korruptionsaffären zu informieren, die vor aller Augen und Ohren abgelaufen waren. Jawohl, das würde er tun. Er würde eine Bombe zünden, daß es bis zum Palast in Karthago krachte. Aber nur gemach, gemach. Frühere Erfahrungen hatten ihn gelehrt, daß es höchst schädlich war, die kleinen Bonzen zu übergehen, so etwas konnte einem das Genick brechen. Überlegung und Vorsicht waren angebracht. Dies war seine letzte Chance, er durfte sie um keinen Preis verpassen.

Mit schnellen Schritten lief Uthman nach Hause und machte sich reisefertig. Ohne jemandem etwas zu sagen, bestieg er sein graues Maultier und ritt in die Stadt. Morgen früh, wenn die Behörde öffnete, würde er dort sein.

Die Nacht war ruhig und still. Al-Maulidi flüchtete vor der Hitze auf das Dach seines Hauses und legte sich dort nieder. Ein leichter Windhauch von Westen erfrischte ihn, seine Seele kam zur Ruhe, und der schwere Druck wich von seiner Brust. Der Traum der letzten Nacht fiel ihm wieder ein. Er sah sich auf einem hohen Podium stehen, mit einer seidenen *Dschubba* angetan, wie sie nur die höchsten Persönlichkeiten der Regierung trugen, und die Dorfbewohner klatschten und riefen: »Es lebe der Umda, er lebe hoch, er lebe.« Er lächelte dazu und winkte grüßend, genauso wie der hohe Führer bei den nationalen Festen. Wirklich, ein schöner Traum, und vielleicht würde er wahr werden. Ach was, ganz bestimmt würde er das, denn sein einflußreicher Freund in der Regierung, den er immer über alle Neuigkeiten und Geheimnisse des Dorfes informierte, hatte ihm schon mehrmals versichert, daß er ihm seine wichtigen patriotischen Dienste irgendwann einmal vergelten würde. Und jetzt war es soweit, es gab gar keinen Grund, es länger hinauszuschieben oder zu warten. Wie auch immer, die Sache war ganz einfach. Schließlich besaß sein Freund genug Einfluß in der Regierung, sein Wort galt etwas, und nie würde man ihm etwas abschlagen. Vor allem mußte er sich schnellstens mit ihm in Verbindung setzen und seinen Wunsch frei heraus sagen. Vielleicht wäre die beste Zeit dafür morgen früh. Ja, morgen früh würde er dort sein, und, wer weiß, schon am selben Tag als Umda nach Masjuta zurückkehren.

Mehr als zwanzig Einwohner des Dorfes Masjuta träumten in jener Nacht den gleichen Traum und planten die gleiche Sache. Im Schutze der nächtlichen Dunkelheit begaben sie sich in die Stadt. Als sie bei Tagesanbruch vor der Behörde aufeinander trafen, waren sie so schockiert, daß sie den Boden unter ihren Füßen wanken fühlten. Eine Weile wechselten sie nur Blicke, und jeder konnte in den Augen des anderen lesen, was ihm durch den Sinn ging.

Noch bevor die Verwaltung die Türen öffnete, kehrten sie ins Dorf zurück. Sie verkrochen sich in ihren Häusern und kamen nicht wieder heraus. Eine ganze Woche kochten sie wie Dampfkessel vor sich hin. Dann aber platzte ihnen die Geduld, und sie stürmten auf den Dorfanger. Haß und Wut loderten in ihrer Brust. So standen sie da und starrten sich wie wilde Bestien an, die um die Beute kämpfen wollten. Als Salem al-Ahmar eine Keule unter seiner Dschubba hervorzog und brüllte: »Jetzt kriegt ihr, was ihr verdient, ihr Hundesöhne!«, geschah das, was geschehen ist.

Gharsallah erwachte aus seinem langen Schlaf. Die Nacht war ruhig, und die Sterne hingen wie silberne Weintrauben am dunklen Himmel. Vom Dorf her war ein schwaches Stöhnen wie von einem eingesperrten Tier zu hören.

Weit in der Ferne, im unwegsamen Dickicht, heulten die Wölfe. Gharsallah wandte sich in ihre Richtung. Wie gern wäre er einer von ihnen gewesen, um weit weg von der Welt bösartiger Menschen in unendlicher Nacht mit ihnen zu heulen.

Der letzte Traum

Für sie, die ging, als ich fern war ...
Für meine Tante Mahbuba,
die meine kalte Kindheit erhellte
wie das Licht einer Kerze

In ihrer Jugend hörte sie immer wieder von dem wundersamen Licht, das Gott seinen vertrautesten Helfern und frömmsten Dienern ins Herz sendet. Wie oft erzählten die Leute, daß der Heilige *Sidi* Ahmad Ibn Abi Said selbst in schwärzesten Zeiten der Not mit erleuchtetem Antlitz unter den Menschen gewandelt sei. In seinen Augen habe ein Glanz gelegen, wie ihn nur jemand haben kann, der um die Geheimnisse des Übersinnlichen weiß.

Als sie an diesem heißen Sommermorgen erwachte, spürte sie, daß ein wenig von jenem göttlichen Wunderlicht auch in ihr Herz strömte und ihre Seele mit nie gekannter Ruhe erfüllte. Nachdem sie sich gewaschen und ihre olivgrüne *Milaja* umgehängt hatte, bedeckte sie den Kopf mit einem weißen *Mandil,* das ihr *Hadsch* Abu Bakr nach seiner Rückkehr von der Pilgerfahrt geschenkt hatte. Sie versenkte sich demütig in Gott und betete die *Fatiha,* die einzige Sure des Koran, die sie auswendig wußte. Nach dem Gebet räumte sie die Wohnung auf, fegte den Hof und besprengte ihn mit Wasser. Dann breitete sie den Kelim, den sie als letzten gewebt hatte, unter dem alten

Feigenbaum vor dem Hause aus und setzte sich. Mit beinahe kindlichem Staunen gab sie sich dem geheimnisvollen Zauber hin, der die Welt in dieser Stunde zwischen Nacht und Tag einhüllte. Als die Sonne ihre rote Flammenzunge hinter den kahlen Höhen herausstreckte, wußte sie, daß sie durch jenes Gotteslicht, das sie beim Erwachen durchströmt hatte, für immer von ihrem bisherigen Leben gelöst und aller Sorgen ledig wäre. Sie betrachtete ihre Umgebung wie ein Reisender, der weiß, daß er niemals zurückkehren wird. Vielleicht, so dachte sie, würde das Ende einmal das Schönste in ihrem ganzen Leben sein, in dem sie bisher viel Unglück und Leid erfahren hatte.

Sie erinnerte sich, was ihr in ihrer Jugend eine Wahrsagerin offenbart hatte: Das Mißgeschick, das ihr Leben hin und wieder trüben werde, könnte wohl daher rühren, daß sie im Jahr der Asche geboren war. Dies sei ein Jahr mit Dürre und Hungersnot gewesen. Tag und Nacht wehten die Stürme aschgrauen Staub heran, und viele Menschen starben. In den Häusern und auf den Straßen lagen die Leichen, Männer und Frauen stanken, sie ekelten sich voreinander. Viele ernährten sich von Erde, Kakteen und vertrockneten Baumblättern, und Väter und Mütter begruben tränenlos ihr eigenes Fleisch und Blut.

Die alte Wahrsagerin hatte ihr aber auch erzählt, was die Leute berichteten, die in diesen dunklen Monaten den Heiligen Sidi Ahmad Ibn Abi Said aufsuchten. In seinem Haus habe es nichts weiter als das Buch Gottes gegeben. Und dennoch habe auf seinem Gesicht immer dieses wunderbare Licht gelegen, das ihn seit seinem vierzigsten Lebensjahr nicht mehr verließ.

An einem Vormittag war damals ein Fremder auf einem braunen Pferd ins Dorf gekommen. Dem Pferd lief der Schweiß bis zu den Hufen, und Schaum troff ihm vom Maul. Ohne seinen Namen oder seinen Stamm zu nennen, trat der Mann vor Scheich Sidi Ahmad Ibn Abi Said, der mit untergeschlagenen Beinen an der Tür saß und seine *Dschubba* flickte. Der Mann warf ihm einen kleinen Sack Mehl in den Schoß und sagte: »Das ist alles, was ich habe, ehrwürdiger Scheich. Schlage es nicht ab, und Gott möge auch deine Bitten nicht abweisen.«

Der Scheich sah ihn eine Weile prüfend an, dann fragte er: »Aber warum hast du den weiten Weg gemacht und bringst mir diese Gabe, wo du mich doch gar nicht kennst und ich dich auch nicht kenne?« Da antwortete der Fremde: »Ich habe dich im Traum gesehen. Mit deinen wohltätigen Händen hast du die Menschen gespeist. Wie junge Vögel beim Atzen sperrten sie die Münder auf!«

Als Scheich Sidi Ahmad Ibn Abi Said das vernahm, legte er seine Arbeit beiseite, eilte heftig weinend zu dem Mann und umarmte ihn. Das Mehl gab er den Bedürftigsten. Er ging durch das Dorf und rief den Leuten zu: »Freut euch, freut euch, Gottes Gnade ist nahe!«

Am nächsten Vormittag zeigte sich über den Bergen im Norden eine kleine Wolke. Rasch wurde sie größer, bis sie den Himmel bedeckte und den Horizont verhüllte. Bald darauf goß es in Strömen wie nie zuvor. In den Häusern gab es nun wieder genug zum Leben, und Freude und Zuversicht kehrten in die Herzen zurück.

Wenige Tage nach ihrer Begegnung mit der Wahrsagerin wurde das junge Mädchen hin und wieder von Alpträumen heimgesucht. Im ersten Traum erblickte sie Fremde mit teerbeschmierten Gesichtern. Sie zündeten den Olivenbaum ihres verstorbenen Großvaters an. Die Leute aber sahen dabei zu und schwiegen. Sie erzählte niemandem von ihrem Traum, obwohl sie jeden Morgen entsetzt aufwachte, die schrecklichen Fremden noch vor Augen.

In einer bitterkalten Nacht beschloß ihr Vater wegen der Diebe, die damals überhandnahmen, vorsorglich bei den Kühen im Heuschober zu schlafen. Sie wußte noch genau, wie sie zitterte, als sie ihn mit seiner *Abaja* und der Kerosinlampe aus dem Haus gehen sah. Die Augen waren ihr noch nicht zugefallen, als im Dorf Lärm aufkam. Hundegebell, Angstschreie und Hilferufe waren zu hören. Sie rannte zur Haustür und sah den Schober lichterloh brennen. Die Leute aber standen herum, wie gelähmt vor Angst und Entsetzen. Sie fiel in Ohnmacht, und als sie wieder zu sich kam, erfuhr sie, daß von ihrem Vater nur ein verkohlter Klumpen geblieben war.

Allmählich begann sich die Brust des jungen Mädchens zu runden. Ihre Augen wurden dunkler und verführerischer, und die Burschen starrten sie an, wenn sie vorbeiging oder langsam aus dem *Wadi* stieg.

An einem klaren Frühlingsabend rupfte sie auf dem Feld Futter für das Vieh. Da kam ein junger Mann, er hieß Ibrahim. Der sagte ihr leise so schöne Dinge, daß ihr Herz bebte, ihr Verstand aussetzte und sie das Unkraut nicht mehr von der Saat unterscheiden konnte. Als sie nach Hause kam, befiel sie eine seltsame Schwäche. Sie aß und sprach nicht mehr. Die ganze Nacht starrte sie aus dem Fenster, hinauf zu den Sternen. Tags darauf bekam sie heftiges Fieber und mußte im Bett bleiben. Drei Tage redete sie irre und schrie unter den dicken Wolldecken.

Auch nachdem sie wieder gesund war, blieb sie blaß und mager. Abwesend schaute sie umher und bewegte sich wie verstört. Manchmal war sie verwirrt und vergaß, was sie gerade gesagt hatte oder sagen wollte. Ihre Base

Aischa, der sie ihr Leid klagte, meinte augenzwinkernd: »Vielleicht bist du verliebt!«, worüber sie erschrak, denn aus den Liedern, die die Dorfleute sangen, hörte sie heraus, daß die Liebe eine Krankheit sein mußte, die dem Betroffenen nicht mehr viel Zeit ließ. Vielleicht würde sie eines Tages an diesem Ibrahim sterben, der ihr Herz entflammt hatte und dann einfach verschwunden war.

Ein anderes Mal träumte ihr, sie habe Hunger. Sie lief an einem Garten entlang, der von einer Hecke umgeben war. Da entdeckte sie einen verlockenden roten Apfel, der über die Hecke hing. Aber sobald sie die Hand ausstreckte, um ihn zu pflücken, kam ein dicker Stock und schlug ihr hart auf die Finger. Der Traum kam immer wieder.

Das Mädchen wurde traurig. Sie vertraute der Mutter ihre Sorgen und Ängste an. Doch die Mutter hörte kaum zu und sagte nur: »Dieser Traum hat nichts zu bedeuten.« Als sie aber merkte, daß sie dem Mädchen weh getan hatte, hängte sie ihr ein Amulett an die Brust. »Achte gut darauf«, sprach sie, »das schützt dich vor dem bösen Blick!«

Das Mädchen war immer noch damit beschäftigt, den rätselhaften Traum zu deuten, als finstere Soldaten ins Dorf kamen. Wie in jedem Jahr brachten sie die Einberufung für die Zwanzigjährigen. Sobald sie beim Haus des Gemeindevorstehers eintrafen, erschraken die Mütter, verstummten die Väter. Drückendes Schweigen lastete auf den Häusern, und sogar das Vieh wurde unruhig, als wittere es nahendes Unheil. Kurz vor Sonnenuntergang kehrten die Soldaten in die Stadt zurück. Wie ein Schwarm riesiger Raben zogen sie im Abendschatten davon. Eine Woche später kamen sie wieder, hielten sich aber nur kurz auf. Als sie abmarschierten, nahmen sie zehn junge Männer aus dem Dorf mit, unter ihnen Ibrahim. Sie erinnerte sich, daß ihr die folgenden Monate leer und öde wie die Wassergräben zur Zeit der Winterstürme erschienen waren. Heftige Weinkrämpfe schüttelten sie, sobald sie zu Bett ging oder ein Lied von Trennungsschmerz und Liebesglut hörte. Dann blieb monatelang der Regen aus, die Erde riß auf, und eine unbekannte Seuche raffte Großvieh und Hühner hinweg. Über die Straßen zogen Karawanen auf der Flucht nach Norden. Sie suchten Wasser und Weiden. Von Süden kamen Stürme mit Sand und Spreu. Man sprach von einem erbitterten Krieg, der weit entfernt tobte. Im Dorf trafen Briefe mit versengten Rändern ein, die die eingezogenen jungen Männer geschickt hatten.

Sie kochte gerade eine Suppe für ihre kranke Mutter, als das ganze Dorf in Aufruhr geriet. Die Nachricht lief um, daß Ibrahim irgendwo in verschneiten Ländern durch einen Kopfschuß gefallen sei.

Wochenlang sah das Mädchen danach in ihren Alpträumen einen blutigen Kopf auf weißer Erde liegen. Darüber krächzten schwarze Raben. Ganz allmählich wurde ihr Körper plump, ihr Gesicht quoll auf. Der verführerische Glanz ihrer Augen erlosch. In ihren Haaren vermehrten sich die Läuse. Wie ein Reittier, das harte Schläge auf den Kopf bekommen hatte, ging sie ernst, mit schleppendem Schritt umher. Als es der Mutter auffiel, erschrak sie und glaubte, eines von diesen Hurenweibern habe ihre schöne Tochter aus Neid und Haß verhext. Sie nahm das Mädchen bei der Hand und lief mit ihr siebenmal um das Grabmal von Scheich Sidi Ahmad Ibn Abi Said. Danach schlachtete sie einen schwarzen Hahn vor der Tür. Wieder zu Hause, hängte sie ihr ein zweites Amulett um den Hals. Gebete und Segenswünsche murmelnd, strich sie mit der Hand ruhig über ihren Rücken. Schließlich drückte sie ihr Kind an die Brust und weinte.

Aber der merkwürdige Traum suchte das Mädchen wieder heim. Sie sah sich erneut an dem Garten mit der Hecke vorbeigehen, und dieses Mal gelang es ihr mühelos, den Apfel zu pflücken. Doch als sie ein Stück abbiß, schmeckte er bitter, und innen war er schwarz und verfault. Viele Nächte quälte sie dieser Traum.

Später erfuhr sie von den Frauen an der Quelle, daß ihr Onkel Uthman für seinen Sohn Said um ihre Hand anhalten wolle. Sie brachte kein Wort heraus, apathisch wie ein Tier, das den Nacken zum Schlachten beugt.

Vetter Said war ein komischer Kauz. Seine Arme waren zu lang und seine Beine zu kurz geraten. Die Zähne standen weit auseinander, und seine Glotzaugen waren, wie von chronischer Schlaflosigkeit, ständig gerötet. Seit seiner Kindheit war er wortkarg, menschenscheu, immer kränkelnd und nervös. Selten, daß er einmal aufhörte, mit den Zähnen zu klappern. Nur manchmal versetzte er die Leute doch in Erstaunen. Da freute er sich plötzlich und strahlte wie ein Kind, besonders wenn die Kälber zum Saugen auf ihre Mütter einstürmten oder wenn die Esel richtig in Wut kamen und nach ihren Besitzern traten.

Said hatte den Koran so schnell auswendig gelernt, daß alle verblüfft waren. Zu Festtagen, Trauerfeiern und an den Abenden im Fastenmonat *Ramadan* machte es ihm Freude, mit wohltönender Stimme die *Burda* und andere Lobgesänge auf den Propheten vorzutragen. Die Leute lauschten, wiegten sich verzückt, und einige begannen gar leise zu weinen.

In der Hochzeitsnacht ekelte sie sich vor seinem Geruch. Seine groben Hände erschreckten sie, auch die gräßlichen Haarbüschel in seinen Ohren und Nasenlöchern. Ohne sie anzureden oder nur anzusehen, sagte er die *Basmallah* auf, genauso wie beim Hammelschlachten. Danach warf er sich über sie und gab scharfe Grunzlaute von sich. Als er fertig war, trat er keuchend vor die Tür, und die Nacht erbebte von Freudentrillern und Gewehrschüssen.

Einige Monate nach der Hochzeit zog ein seltsamer Geruch wie nach schwarzen Mistkäfern, die von Dung und Kot leben, durch das Haus. Allmählich verbreitete sich der Geruch überall. In den Decken und Kochtöpfen setzte er sich fest, sogar in ihrer Unterwäsche. Sie bekam Brechanfälle davon. Es wurde immer schlimmer, bis sie es nicht mehr ertrug. Als sie der Mutter ihr Leid klagte, meinte die mit freudig glänzenden Augen, das könnten vielleicht Anzeichen einer Schwangerschaft sein.

Nachts hatte Said oft schreckliche Träume. Dann jammerte er laut wie ein Klageweib bei der Totenfeier. Oder er sang traurige Hirtenlieder und rezitierte Suren aus dem Koran. Manchmal schockierte er sie, wenn er derbe Zoten murmelte oder von den Rundungen anderer Frauen schwärmte.

Noch keine zwei Jahre waren seit der Hochzeit vergangen, als Said hohes Fieber bekam, nachdem er seinen Vater auf einer Reise in den Norden begleitet hatte. Eine ganze Woche phantasierte er unter schweißnassen Dekken. Dann sah es so aus, als ob er genesen sollte. Ein paarmal lief er sogar ein wenig draußen herum, und ihr fiel auf, daß er jetzt viel heiterer und zugänglicher war. Nachts streichelte er sie schüchtern, redete mit sanfter Stimme und vertraute ihr einige Herzensgeheimnisse an, die er bisher niemandem enthüllt hatte. Aber eines Morgens erbrach er Blut, und sein Zustand verschlechterte sich erneut. Da bat er seine Verwandten und die Besucher, sich zu ihm zu setzen. Er richtete sich auf und stützte den Rücken gegen die Wand. Demütig begann er Koransuren und danach die Burda zu rezitieren. Dabei weinte er, und die Leute weinten mit ihm. Als er geendet hatte, rief er nach ihr, sie solle sich neben ihn setzen. Er nahm ihre Hände und sah sie lange liebevoll an. Irgendwann zitterten seine Lippen, als ob er ihr etwas sagen wollte. Wie um ihn zu ermutigen, drückte sie seine heißen Hände, doch er seufzte nur noch einmal auf und starb.

Alles verändert sich, nichts bleibt, wie es ist. Sie erinnerte sich noch genau an alle Einzelheiten, als wäre es erst gestern gewesen. Es war ein Donnerstag im Frühling, kurz vor Sonnenuntergang, und sie stand allein an der Quelle. Heiter und entspannt genoß sie die linde Abendluft, die den Duft von Oleanderblüten und feuchtem Gras herantrug. Als der fremde Reiter bei ihr hielt, war sie weder erschrocken noch verwirrt, sondern erwiderte schüchtern und höflich seinen Gruß. Sie reichte ihm den Wassereimer. Er trank, wusch sich, tränkte sein braunes Pferd und ritt schweigend und geheimnisvoll weiter nach Norden.

In der folgenden Nacht träumte sie, daß sie in einer großen Prozession ging, wie an einem Festtag oder zu einer Hochzeit. Die Männer tanzten und schossen in die Luft, die Frauen sangen und stießen Freudentriller aus. Plötzlich erschien vor dem Zug ein Reiter von schöner Gestalt und kam direkt zu ihr geritten. Die Leute beachteten ihn nicht, und als er bei ihr angelangt war, reichte er ihr die Hand und hob sie zu sich auf sein Pferd. Ein Duft von Weihrauch und *Henna* lag in der Luft. Sie umfing den Reiter mit beiden Armen und vertraute sich ihm an. Er ritt mit ihr davon, weiter und weiter, bis ans Ende der Welt, so schien es ihr. Schließlich wurde das Pferd langsamer. In elegantem Trab lief es durch eine grüne Steppe, in einem Licht wie bei Tagesanbruch, und Hähne krähten in der Ferne.

Da aber hörte man Lärm, und es gellte die rauhe, grobe Stimme ihrer Mutter, die über ihre Trägheit und Schlafmützigkeit schimpfte und sie antrieb, doch endlich aufzustehen. Zum erstenmal seit vielen Jahren voller Leid und Schmerz hatte sie etwas Schönes geträumt. Zunächst war sie deshalb besorgt, denn es hieß, glückliche Träume bedeuten etwas Schlechtes oder Böses. Mit der Zeit aber erfüllte sie eine unerklärliche Freude. Licht durchströmte ihren Körper und überstrahlte alle Ängste und Sorgen. Ihren Verwandten fiel auf, daß sie sich herausputzte und ihre besten Milajas anlegte, gerade so, als erwarte sie den Bräutigam. Wenn sie allein war, schloß sie die Augen und rief sich verzückt alle Einzelheiten ihres Traums noch einmal zurück.

Der Herbst war noch nicht vergangen, da wurde sie feierlich dem Reiter zugeführt, der sie damals kurz vor Sonnenuntergang an der Quelle überrascht hatte. Bei Weihrauchdüften und Trommelklängen sangen die jungen Mädchen, während sie ihr die Hände und Füße mit Henna färbten: »Es schmücken die Lieben, das dauert nicht lang, mit Henna, mein Mädchen, deine reinweiße Hand.«

Noch jetzt roch sie die Düfte ihrer Hochzeit, hörte die Gesänge und Rhythmen, sah die Kerzen und die Gesichter der Mädchen vor sich und das braune Pferd. An alles erinnerte sie sich, als wäre es gestern gewesen.

Aber all jene, die diese Tage, diese Jahre mit ihr zusammen erlebt hatten, waren einer nach dem anderen gegangen. Nur wenige waren übriggeblieben, und bald würde auch sie fortgehen und nicht zurückkehren, das wußte sie. Es gab nichts mehr, was sie wirklich bewegte, außer, daß ihr einziger Sohn fern von ihr war. Seit dem Tod seines Vaters vor ungefähr zehn Jahren hatte sie sein Gesicht nicht mehr gesehen. Ab und zu schickte er einen kurzen

Brief, oder sie erfuhr etwas über ihn, wenn jemand in die Hauptstadt reiste. Ein einziger Sohn nur, aber den ritt der Teufel. Als Kind war er menschenscheu gewesen, und er fürchtete sich vor der Dunkelheit, vor Gräbern und Winterstürmen. Doch kaum war er erwachsen, flog er aus und kam nicht wieder. Trotzdem sehnte sie sich danach, ihn vor ihrem Aufbruch noch einmal zu sehen und ihm zu sagen, daß sie ihm alles verziehen und vergeben habe.

Die vielen Bücher hatten den Jungen verdorben, und Jusuf, dieser üble Kerl mit den grünen Augen und dem hageren weißen Gesicht, hatte seine Seele vergiftet. Es hätte ihr gleich auffallen müssen, sie hätte nicht zulassen dürfen, daß sich ihr einziger Sohn den ganzen Tag an ihn hängte und nachts beim trüben Schein der Lampe diese gefährlichen Bücher verschlang.

Aber können Bücher denn wirklich den Verstand verdrehen und die Seele verderben? Hadsch Abu Bakr, den sie um Rat fragte, hatte ihr mehr als einmal versichert, daß diese überseeischen Bücher sogar noch gefährlicher als Dämonen und Teufel seien. Wer dauernd darin herumliest, büßt den Verstand ein! Sein Bewußtsein erblindet und sein Herz versteinert, bis er die Muttermilch vergessen hat. Trotzdem sagte das Herz ihr, daß gerade dieser Jusuf, der sich immer so hart und verschlossen gab, als plane er ein Verbrechen, durchaus nicht unschuldig daran wäre. Als er noch ein Junge war, hatten die Leute ihren Kindern eingeschärft, ihn zu meiden und sich ja nicht mit ihm abzugeben. Nur sie war allzu lange nachlässig gewesen, und als sie endlich erwachte, war die Frucht schon durch und durch faul.

Einmal Verdorbenes ist nicht mehr zu retten. Die aus der Hauptstadt Zurückkommenden berichteten, ihr Junge sei immer noch mit Jusuf zusammen. Lauter komische Bücher habe er im Kopf, und manchmal rede er rätselhaftes Zeug. Ganz blaß sehe er aus, und sein Blick sei abwesend. Als sie fragte, woher das alles käme, erklärte es ihr sein Vetter Milud. Der kannte ihn besser als andere. Mitunter, wenn er in die Hauptstadt reiste, übernachtete er bei ihm. Und Milud meinte, ihr Sohn sei eben ein Dichter. Du lieber Gott, konnte es denn sein, daß ein Dichter derart hartherzig und absonderlich war? Früher waren die Dichter nicht so. Sie erinnerte sich noch gut, wie sie auf ihren Eseln, die vor Anstrengung und Müdigkeit ächzten, ins Dorf geritten kamen, wie sie mit wohlklingenden Stimmen sangen und wunderbare Dinge sagten. Wenn die Begeisterung sie fortriß, fingen sie zu tanzen und zu kreiseln an. Dann schluchzten die Frauen still vor sich hin, und die Männer zerrissen sich die Dschubba, während die Dichter schon entrückt waren und überhaupt nichts mehr wahrnahmen. Auch nachdem die Dichter das Dorf längst verlassen hatten, klangen ihre Stimmen und die Rhythmen noch lange nach.

Aber anscheinend ist jetzt alles anders, sagte sie sich. Die Menschen haben nichts mehr im Sinn mit alten Legenden, mit der Geschichte von al-Dschazija und den Abenteuern des Ali Ibn as-Sultan. Im Winter zünden sie keine Feuer mehr an. Sie feiern nicht mehr, wie sie einst gefeiert haben, sitzen nicht mehr beisammen, wie sie beisammen gesessen haben. Sie singen nicht mehr, wie sie gesungen haben. Sie weinen nicht mehr, wie sie geweint haben. Alles hat sich verändert, sogar die Jahreszeiten. Im Frühling duftet es nicht mehr nach Aussaat, nach blühenden Ackerbohnen und Mandelbäumen. All die vielen Vögel, die ins Dorf geflogen kamen, wenn der Winter zu Ende ging, sie singen nicht mehr. Nachmittags stolzieren keine Schwärme wilder Rebhühner mit Rufen wie Glokkengeläut umher. Unter Bullen, Schafböcken und Hengsten gibt es keinen Aufruhr mehr, und die Mütter suchen keine Bräute mehr für ihre Söhne.

So werden auch die Sommernächte trostlos und langweilig ohne die Hochzeiten, die manchmal sieben Tage und Nächte dauerten. Sogar der Mond hat Ansehen und Glanz verloren und leuchtet nicht mehr wie früher. Ja, die Leute beachten ihn oftmals gar nicht, weder wenn er aufgeht, noch wenn er schwindet. Auch die Sterne scheinen nicht mehr so hell, weit entrückt sind sie, so daß man sie kaum noch erkennen kann.

Jetzt geht der Herbst zur Neige, aber ohne jene Freude, die damals in die Herzen der Menschen zog, wenn der Donner grollte und der Blitz zuckte und der Regen reichlich niederströmte, so daß die Wadis überliefen. Da ergrünten die Hügel und Ebenen, die Ölbaumhaine wurden schwarz. Verkäufer von Datteln, *Ful mudammas* und *Hummus,* mit Kreuzkümmel gewürzt, zogen durch das Dorf.

Bald kommt der Winter, aber es werden keine Kamele mehr brüllen. Es wird nicht nach Ölpressen riechen. Frühmorgens verschwimmt die Welt nicht mehr im dichten Nebel. Es toben keine Stürme, kein Schnee bedeckt die Berge im Norden. Die Leute werden sich nicht mehr ans Feuer setzen, um al-Husailis Liedern zu lauschen:

»Wehe, was blieb noch, ich wein um mein Glück
Käme doch, oh käme das Verlorene zurück.«

Ach, al-Husaili! Wenn er sang, lauschten selbst die weit entfernten Dörfer. Da kam es schon vor, daß Frauen ohnmächtig wurden, wenn er beim Singen auf und ab ging und mit seinem Stock auf die Erde schlug. Seine Stimme schwoll an und verebbte wie der Wind in den Mulden. Einige Männer waren eifersüchtig auf ihn, und sie schütteten ihm ein Pulver ins Wasser, das ihn um seine schöne Stimme bringen sollte. Doch er wollte nicht vom Singen lassen, und so fielen die Frauen weiterhin zu Boden. Wenn aber erst al-Aschhab seine Rohrflöte blies, vergaß die Mutter das Stillen und der Scheich seine Würde. Da tanzten die Berge, Hügel und Ölbaumhaine und hörten nicht eher auf, als bis al-Aschhabs Finger stillstanden.

Aber jetzt war alles anders geworden. Sie hätte von Anfang an aufpassen müssen und nicht zulassen dürfen, daß ihr einziger Sohn sich in finsteren Kellern herumtrieb, die seinen Verstand blind machten und ihn jahrelang von ihr fernhielten. Doch was nützte jetzt die Reue? Sie mußte sich mit dem bescheiden, was Gott ihr zugedacht hatte, und alles vergessen. Ja, alles, denn sie würde fortgehen und nicht zurückkehren. Sie würde gehen in ein gewaltiges Licht, wie jenes Licht, das sie gestern Nacht im Traum durchströmte.

Die ganze Woche lief sie lächelnd, mit freudigem Gesicht, im Dorf umher. Sie trat in alle Häuser, sie liebkoste die Kinder, schenkte ihnen Süßigkeiten und erzählte ihnen wunderbare Märchen und komische Geschichten. Siebenmal umkreiste sie das Grab des Heiligen Sidi Ahmad Ibn Abi Said. Danach stellte sie eine Holzschüssel mit Kuskus und dem Fleisch eines halben Hammels für die Armen und Wanderer bereit.

Alle wunderten sich, sie so heiter und froh zu sehen. Vielleicht hatte sie gute Nachrichten von ihrem Sohn, dachten sie. Nur Hadsch Abu Bakr sagte zu seiner Frau, nachdem sie sich von ihnen verabschiedet hatte: »So etwas tun nur Menschen, die wissen, daß ihre Zeit um ist.«

Am späten Mittag beobachteten die Männer, die vor der Moschee saßen, wie sie auf sie zugelaufen kam. Als sie nur noch ein paar Schritte entfernt war, blieb sie stehen. Sie keuchte stark, wie vor Anstrengung oder Hitze. Nachdem sie noch zwei Schritt gegangen war, hielt sie wiederum inne. Ihr Gesicht war blaß, ihre Augen wirkten eingesunken und matt. Ihre Knie zitterten, und ihr Herz schlug heftig unter der olivgrünen Milaja. Einige Augenblicke stand sie so und streckte ihnen beide Hände entgegen, als wolle sie um Hilfe bitten. Dann sank sie schlaff zu Boden, wie ein Kleid von der Wäscheleine.

Sie trugen sie nach Hause, und alle umringten sie. Vor der Tür begannen einige verwandte Frauen laut zu weinen. Sie sah von einem zum anderen und wollte ihren letzten Traum nun nicht mehr wie die früheren Träume vor ihnen verheimlichen, wollte ihnen erzählen, wie sie barfuß durch eine grüne, taufrische Steppe lief. Es war Frühling, und sie trug ein blütenweißes Kleid, ihr Haar fiel offen über die Schultern herab, als wäre sie wieder ein junges Mädchen. Während sie weiterlief, ganz unbeschwert, schwebten auf einmal große weiße Vögel über ihr. Doch als sie richtig hinsah, bemerkte sie zwischen ihnen ihren Mann, ihre Mutter und ihren Vater und alle, die sie einmal gekannt hatte. Sie winkten ihr zu, sie solle zu ihnen hinaufkommen. Noch ganz überrascht, spürte sie, daß sie bereits emporschwebte. Höher und höher stieg sie auf, und sie blieben bei ihr, bis sie miteinander in Wellen aus Licht tauchten, wie sie es nie zuvor gesehen hatte. Ja, das alles wollte sie erzählen und ihnen auch sagen, daß sie ihr Lebtag immer von Träumen geleitet worden war.

Doch durch ihren Körper kroch eine solche Schwäche, daß sie nicht mehr imstande war, auch nur die Lippen zu bewegen. Sie blickte die Umstehenden noch an, einen nach dem anderen, während sie sich langsam entfernten, weiter, immer weiter, und am Ende in einem gewaltigen Licht vergingen, wie das Licht in ihrem letzten Traum.

Der grüne Esel

Khalifa kaufte auf dem Markt in al-Ala einen grünen Esel, und er liebte ihn wie niemanden sonst auf der Welt.

Mit drei oder vier Jahren war Khalifa Waise geworden. Als er erwachsen wurde, sagte man ihm, daß seine Eltern im selben Monat und an derselben Krankheit gestorben wären. Verwandte und gute Leute hatten ihn aufgezogen. Er hungerte sich durch, vagabundierte herum, hatte nichts anzuziehen. Er hütete Schafe, pflügte den Boden und schnitt die Bäume.

Nachdem er seinen Militärdienst geleistet hatte, konnte er ein Stück Land erwerben, zwanzig Olivenbäume dazukaufen und ein Haus mit zwei Zimmern bauen. Dann heiratete er Akri, die Tochter von Ahmad al-Buhali, in die er schon seit seinem siebten Lebensjahr verliebt war. Sie gebar ihm ein Mädchen, das sie Warda nannten. Aber es starb, bevor es ein Jahr alt war. Alle Leute mochten Khalifa, sie waren ihm zugetan und sagten, daß er ein guter, umgänglicher Kerl sei. Niemals kränkte er jemanden oder verhielt sich böswillig.

Khalifa schuftete den ganzen Tag, um Akri glücklich zu machen. In der Nacht drückte er sie an seine Brust, küßte ihren hübschen Hals und sagte zu ihr: »Auf der ganzen Welt liebe ich nichts außer dir, meine Akri!« Akri liebte ihn auch, und sie brüstete sich mit ihm vor den Frauen am Brunnen. Manche beneideten sie deshalb um solch einen Segen.

Der grüne Esel war für Khalifa der schönste und prächtigste in der ganzen arabischen Welt. Er sei schneller als das Maultier von *Hadsch* Saleh und klüger als ein Studierter, behauptete er. Er kaufte reichlich Futter für ihn, umsorgte ihn bei Tag und bei Nacht und wand hübsche Bänder um seinen Hals.

Der Esel war überglücklich. Wenn er die anderen Esel betrachtete, schmerzte es ihn, sie so ausgemergelt und von ihren grausamen Besitzern geschunden zu sehen. Hin und wieder sprach er zu ihnen: »Mein Herr ist doch der beste in der arabischen Welt!« Traurig verstummten die Esel, und einige weinten vor Schmerzen.

Akri aber wurde allmählich wütend. Sie unterdrückte jedoch ihren Zorn und verheimlichte ihren Kummer selbst vor ihrer Mutter und ihrer großen Schwester. Sie wartete Tage, Wochen und Monate, daß Khalifa zu ihr zurückkehrte und sie umarmte, wie er es früher immer getan hatte, und daß er zu ihr sagte: »Ich liebe dich, meine Akri, mehr als alles auf der Welt!« Doch Khalifa benahm sich, als hätte er den Verstand verloren oder als wäre er verzaubert. Er sprach kaum mit ihr, tat er es aber doch, so verlangte er nur sein Essen. Nachts ließ er sie jetzt manchmal allein und schlief im Strohspeicher beim Esel. Akri wurde immer unruhiger, sie litt und eines Nachts träumte sie gar, daß der Esel sie von hinten beschlief. Entsetzt wachte sie auf, weinte und schluchzte bis zum Morgen.

Ihre Pein wurde immer größer. Sie beklagte sich bei ihrer Mutter, dann bei ihrer Schwester und schließlich bei einigen Freundinnen. Als sie eines Tages am Brunnen weinte, versuchten Hidda und Aldschija, Salima und Dschazija sie zu trösten und flüsterten ihr zu: »Hör mal, Akri, dein Mann ist verzaubert. Geh zu Scheich at-Tuhami, seine Hand ist gesegnet!«

Akri begab sich also zu Scheich at-Tuhami und klagte ihm ihr Leid. Er verschwand und kam mit einem kleinen Stück Papier zurück. »Leg ihm das in seinen Wasserkrug oder ins Essen!« sagte er. Akri tat, wie ihr der Scheich geheißen hatte, aber Khalifa verliebte sich nur noch mehr in den Esel.

Da packte Akri ihre Sachen und kehrte in das Haus ihres Vaters zurück. »Ich kann doch nicht bei einem Mann bleiben, der im Strohspeicher bei einem Esel schläft!« sagte sie. Ahmad al-Buhali, Akris Vater, nahm einen Knüppel und machte sich auf die Suche nach Khalifa. Er fand ihn im *Wadi,* zusammen mit dem Esel. Khalifa sang, als ob nichts geschehen wäre. Die beiden Männer gerieten in heftigen Streit. Ahmad al-Bulahi schlug Khalifa auf den Kopf, daß er blutete und zu Boden fiel. Da griffen die Leute ein. Khalifa aber rief mit blutbeschmiertem Gesicht: »Morgen lasse ich mich scheiden!«

Er ließ sich einen langen Bart wachsen, irrte mit dem Esel umher und redete mit niemanden mehr. Die Leute sagten: »Er ist verrückt«, und vergaßen ihn. Von Zeit zu Zeit sahen sie ihn, mal im Dickicht, mal in den Wadis, immer aber mit dem Esel. Einmal zog er durchs Dorf und rief den Leuten zu: »Hört, morgen ist die Hochzeit meines Esels!« Alles lachte, nur Akri weinte bitterlich. Am folgenden Tag führte Khalifa den Esel auf den Dorfplatz und begann zu singen und zu tanzen. Die Kinder umringten ihn und tanzten mit. »Der arme Khalifa«, meinten die Leute, »jetzt hat er den Verstand für immer verloren.«

Jahre vergingen, der Esel wurde krank und mager. Seine Knochen standen heraus, und Khalifa war sehr traurig. Die Leute hörten ihn weinen und klagen, geradeso wie eine Frau, die ihren Ehemann oder ihr eigen Fleisch und Blut verloren hat.

Eines Morgens erwachten die Leute, und tiefe Schwermut schnürte ihre Brust. Sie konnten sich den Grund ihrer Niedergeschlagenheit nicht erklären. Da entdeckten sie den Esel. Tot lag er unter dem Olivenbaum. Über ihm baumelte Khalifa an einem Ast, und seine Zunge hing lang wie ein Arm an ihm herunter.

Ohne jede Übertreibung

Ein trockener Herbst hockte mit verdrossener Leidensmiene auf den Hügeln, den Ebenen und den *Wadis* rings um das Dorf, als wolle er sie nie wieder verlassen. Die Sonne wirkte geschwollen wie ein entzündetes Auge, und die Hunde schnüffelten im Kot, der sich an verborgenen Stellen bei den Kakteenhecken häufte. Die ausgemergelten Kühe langten mit schlaffen Mäulern nach Abfällen und Stroh. Todesgeruch haftete an Wänden und Kleidern, Gesichtern, Kochtöpfen und Tierfellen.

Gegen die blaßfarbenen Lehmmauern gelehnt, standen oder hockten die Männer. Einer zog mit seinem Stock rätselhafte Linien auf dem Boden, die er sogleich wieder auslöschte, um sie dann von neuem hinzukritzeln. Ein anderer sinnierte über jenen unheilvollen Tag, an dem das Ende naht und man unter Wehklagen und Gebeten zur letzten Ruhestätte getragen wird.

Im Hof des kleinen Hauses, das nur aus zwei Zimmern und dem Strohspeicher bestand, jammerten die Frauen laut und umringten die junge Witwe, die unter dem schweren Schock in Ohnmacht zu fallen drohte. Ungefähr hundert Meter von ihnen entfernt stand eine alte Frau mit zusammengezogenen Augenbrauen und beobachtete die Szene mit jenem Gleichmut, wie ihn nur Geschöpfe aufbringen, die stets eingedenk sind, daß auf Erden nichts von Dauer ist außer dem Antlitz des Herrn in seiner Erhabenheit und Güte.

Am Vormittag erschien, Gebetsperlen rollend und fromme Sprüche murmelnd, der ehrwürdige *Imam*. Sofort befahl er, den Toten zu waschen. Doch die drei Männer, die mit der Aufgabe betraut wurden, kamen, kaum daß sie das Zimmer betreten hatten, im nächsten Augenblick verwirrt und äußerst erschrocken wieder herausgestürzt. Sie eilten zum ehrwürdigen Imam und flüsterten ihm etwas zu. Die Frauen unterbrachen ihre Klagen, die Männer reckten erwartungsvoll die Hälse. Der Imam aber stand wie vom Donner gerührt, als er die seltsame Kunde vernommen hatte. Nur die Fliegen summten weiter, unbeeindruckt von den wundersamen Geschehnissen in dem kleinen, von Gott und der Welt verlassenen Dorf.

Es wird berichtet, aber Gott allein ist allwissend und mächtig, daß da ein Mann war, der hieß Radschab Ibn Mansur. In seinem Dorf war er berühmt unter dem Namen »Radschab, der Hengst«. Diejenigen, die über ihn Bescheid wußten, erzählten, daß er diesen Spitznamen schon in der Pubertät bekommen hatte. Das war zu jener Zeit, als er noch das Vieh am Fuße der Hügel weidete und vor seinen Gefährten, auch wenn sie älter waren als er, ständig mit seinem großen Geschlecht auftrumpfte. Um ihnen zu beweisen, daß seine Behauptung auch stimmte, führte er es im erigierten Zustand vor, und sie mußten zugeben, daß es wirklich groß und lang wie der Knüppel war, mit dem sie widerspenstige Tiere züchtigten. Manchmal schwor er ihnen heilige Eide, daß es ihm ein Leichtes sei, sämtliche Jungfrauen des Dorfes und der umliegenden Nachbardörfer zu deflorieren.

Als nun Groß und Klein die Geschichten seiner imposanten Männlichkeit kolportierte, erschrak sein Vater, ein frommer Mann, der kein Gebet ausließ. Er verheiratete ihn in aller Eile, noch bevor er zwanzig war, aus Furcht, er könne eine jener Sünden begehen, die der Herr in dieser und in der anderen Welt aufs strengste bestraft.

Die Hochzeitsnacht überzeugte die Leute endgültig von der Männlichkeit Radschabs. Fassungslos erzählten sie, daß er die ganze Sache in einer Zeit, kürzer als man zum Anzünden einer Zigarette braucht, hinter sich gebracht habe. Deshalb glaubten sie zuerst auch, als er zu ihnen heraustrat, er habe nur etwas Wichtiges vergessen oder wolle seinen Berater befragen. Die Männer aber, die mit dem Finger am Gewehrabzug vor der Tür darauf warteten, die Freudenbotschaft der gelungenen Entjungferung mit Schüssen zu verkünden, standen mit offenen Mündern und unsicheren Blicken herum und wußten nicht, was zu tun sei.

Radschabs Mutter mußte sie erst heftig schütteln, damit sie über ihre Verblüffung hinwegkamen und ihres Amtes walteten. Die Frauen, die zur Braut hineingingen, fanden sie wie eine Tote auf dem blutbefleckten Bett ausgestreckt, mit Schaum vor dem Mund und bleichem Gesicht, als hätte sie alles Blut verloren. Die Mutter goß ihr parfümiertes Wasser über Gesicht und Kopf, die Tante streute Räucherwerk ins Feuer, um die Dämonen zu vertreiben, und ihre Freundin, die nicht von ihrer Seite wich, massierte ihr die Beine. Als die Braut das Bewußtsein wiedererlangte, blickte sie mit umflorten Augen um sich. Sobald ihr einfiel, was geschehen war, warf sie sich in die Arme ihrer Mutter und klagte bis zum Morgengrauen.

Die Geschichte sagt weiter, ihr Herren voll der Gnade, Gott leite uns und euch zur *Schahada,* daß Aischa, so hieß die Braut, monatelang vor Radschab flüchtete und seine Nähe nicht ertrug, besonders wenn es dunkel wurde. Jedesmal wenn er sie nur anfaßte oder streichelte, zitterte sie wie ein frierendes Vögelchen. Als sie es nicht mehr aushielt, floh sie jammernd und weinend zu ihrer Mutter. Diese drückte sie an ihre Brust, genauso wie sie es mit ihr gemacht hatte, als sie noch ein kleines Mädchen war. Sie gab ihr allerlei nützliche Ratschläge, klärte sie über Dinge auf, von denen Aischa nichts gewußt hatte und weihte sie in gewisse Geheimnisse der Männer ein, bis ihre Angst verging und ihre Seele ruhig wurde.

Nun schminkte die Mutter ihr die Augen mit *Kuhl* und färbte ihre Haare und Hände mit *Henna.* Anschließend führte sie Aischa wieder ihrem Gatten zu, der oben auf dem Hügel stand und einen glücklichen Ausgang erhoffte. Sobald Radschab seine Frau in all ihrer duftenden Schönheit herankommen sah, tanzte er vor Freude. Den ganzen Tag strich er um das Haus herum und wartete wie ein Kranker, der Heilung ersehnt, auf den Sonnenuntergang. Kaum daß die Nacht sich niedersenkte und in den dichtgedrängten Lehmhäusern Ruhe einkehrte, stieg er auf seine junge Frau, bis der ehrwürdige Imam zum Morgengebet rief. Wer in der Nacht seine Wohnung verließ, konnte im Haus der Neuvermählten ein wunderliches Keuchen und Röcheln vernehmen, wie es wohl nur *Dschinnen* und Dämonen, von denen die alten Legenden berichten, ausstoßen mochten.

Ein Jahr oder auch länger ging das so, dann wurde Aischa weich und reif wie eine wilde Feige mitten im August. Weil sie keine Trennung von Radschab ertrug, nicht bei Tag und nicht bei Nacht, hörte sie sogar auf, ihre Mutter zu besuchen, bis jene sich über sie zu beklagen begann. Im Laufe der Zeit beobachteten die Leute, daß Aischa immer verführerischer wurde. Ihre Wangen röteten sich und ihr Busen schwoll, als hätte sie die Jungfräulichkeit wiedererlangt. Nun waren alle überzeugt, daß ihr

Hunger gestillt, ihr Durst gelöscht und daß Radschabs Meisterschaft ohne Fehl und Tadel war.

Wenn die Frauen zusammenkamen, um Wolle zu spinnen und Vorräte für den Winter anzulegen, erregte Aischa den Neid und die Mißgunst der verheirateten Frauen, indem sie ihnen überschwenglich und detailliert die einschlägigen Qualitäten ihres Ehemannes schilderte. Die Jungfrauen aber lauschten mit größtem Genuß.

Dann kamen Jahre der Dürre, in denen das Vieh verendete, die Menschen hungerten, die Bäume verdorrten, und in den Dörfern herrschte Angst und Traurigkeit. Die Männer wanderten auf der Suche nach dem täglich Brot in die fernen Städte aus. In den ersten Monaten der schlimmen Dürre hoffte Radschab noch, geduldig wie Hiob, daß sich Gott seiner und aller Gläubigen ringsum erbarmen möge. Als er jedoch einsah, daß sich die Lage verschlimmerte und die im Haus gespeicherten Vorräte nur noch für ein paar Monate reichen würden, nahm er Abschied von seiner Frau, die, nachdem sie bereits einen Sohn geboren hatte, erneut im achten Monat schwanger war, und stieg in einen alten Omnibus, der ihn genau bei Sonnenuntergang in der Hauptstadt ausspuckte.

Anfangs hatte Radschab eine schwere Zeit, wie er sie in seinem Leben bisher nicht gekannt hatte. Er schlief auf kaltem Asphalt, lief weite Strecken durch den Regen, ernährte sich von hartem, in Salzwasser eingeweichtem Brot. Er mußte sich Beleidigungen und Beschimpfungen anhören, seinen Zorn darüber unterdrücken und, wie es heißt, das Messer samt dem Blut schlucken, denn die Städter verspotteten und verhöhnten seine bäuerliche Redeweise, seine zerlöcherten Schuhe, seine zerlumpte Kleidung und seine Unwissenheit.

Aber in dem Moment, als ihn die Verzweiflung packte und seine Kehle zuschnürte, so, wie der Habicht mit seinen Krallen den Hals des zarten Vogels umklammert, lief ihm ein anständiger Mensch über den Weg. Heiter und freundlich lächelte er ihn an, bis Radschab wieder an das Gute im Menschen zu glauben begann. Nachdem ihn jener anständige Mensch zu einem köstlichen Mahl in einem vornehmen Restaurant an der von Autos und Menschen verstopften breiten Straße eingeladen hatte, bot er ihm obendrein eine Arbeit an im Garten eines dieser prächtigen Touristenhotels am Strand. Er zahlte ihm sogar im voraus eine nicht unbeträchtliche Geldsumme. Den größten Teil schickte er seiner Frau, die inzwischen ein hübsches Mädchen namens Fatima geboren hatte. So konnte Radschab der kalten finsteren Höhle entkommen, in der er den ganzen Winter über gehockt hatte.

Aber schon bald verfluchte er den Augenblick, in dem er diese Arbeit angenommen hatte, er verfluchte ihn tausend und ein Mal. Doch was nützten die Klagen und Selbstbeschuldigungen, es war zu spät, er konnte die Sache nicht rückgängig machen.

Den ersten Monat verbrachte er noch glücklich und unbeschwert. Jeden Morgen betrat er den Garten, beschnitt die Bäume, goß die Blumen, riß das Unkraut aus und säuberte die Wege, ohne den Blick vom Boden zu heben, es sei denn, um Gott im Himmel für die Gnade zu danken, die er ihm täglich erwies. Er pfiff eine schöne Melodie vor sich hin, wie früher, als er noch das Vieh am Fuße der Hügel gehütet hatte, oder er sang eines seiner Lieblingslieder über die Liebe und ihre Qualen.

Aber der *Schaitan* liegt bekanntlich immer auf der Lauer und läßt den Menschen nicht zur Ruhe kommen, selbst wenn er im Bauch eines Wals säße. So näherte Radschab sich an einem warmen Abend im Mai der Gartenhecke und sah rings um den Swimmingpool des Hotels Wesen, so schön wie aus einem Wachtraum. Er rieb sich lange die Augen, dann schaute er wieder hin. Seine Pupillen weiteten sich, sein Herz schlug schneller, und er fing an zu zittern wie vor einem Fieberanfall. Augenblicklich war es um seinen Verstand geschehen. Wie angewurzelt stand er an der Hecke und begaffte all die langen, schlanken Leiber, die sich in der Sonne räkelten, ohne Anzeichen von Furcht oder Scham.

Radschab keuchte in seiner Phantasie zwischen ihnen hin und her, bis er es nicht mehr aushielt. Er schlich sich in ein Gebüsch im Garten und holte ihn heraus. Er streichelte ihn liebevoll, flüsterte ihm süße Worte zu, die seine Erregung noch steigerten. Als seine Begierde den Höhepunkt erreichte, befeuchtete er die Hand, schob ihn hinein und stellte sich all diese Europäerinnen vor, die da in der Maisonne lagen. Du bist mein, und ich bin dein, und jetzt ist er ganz in dir, bis zur Morgendämmerung, schlürfe ihn mit deiner Zunge, langsam wie den Eisriegel, reibe ihn an deinen Brüsten, laß ihn dich durchkneten, wie meine Mutter den Teig knetet, ach, laß ihn zuschlagen, bis du schluchzst und mich bittest: Sei nicht so hart mit mir, mein Liebster, mein Radschab. Dann nimm ihn mit deinen Händen und liebkose ihn, bis er sich ergießt, sanft wie das Licht des Mondes.

In der Nacht stürmten die Bilder all der blonden nackten Frauen unter der Maisonne wieder auf ihn ein, so daß er noch einmal seine Hand zu Hilfe nahm, wieder und wieder, keuchend, bebend, seltsame Worte faselnd, bis er Blut spuckte und sich nicht mehr rühren konnte. Als er völlig erschöpft von sich abließ, kroch Schwäche in seinen Körper, und sein Herz schlug wild.

Am Tag darauf wurde ihm während der Arbeit schwindlig, und er sagte sich: Ich brauche Aischa, sonst sterbe ich wie ein herrenloser Hund, ohne daß jemand davon erfährt. Er bat um Urlaub und kehrte in größter Eile in sein fernes vergessenes Dorf im Süden zurück.

Noch lange danach berichtete Aischa bei den Zusammenkünften der Frauen immer wieder von den Geschehnissen jener Nacht, wobei sie jedesmal neue Einzelheiten hinzufügte. Gerade an jenem Tag, so sagte sie, habe sie sich gebadet, mit Henna gefärbt, die Zähne gereinigt und sich mit Kuhl geschminkt, als ob sie es geahnt hätte, daß er kommen würde.

Gleich nach seiner Ankunft, das sei kurz nach dem Mittagsgebet gewesen, habe er sie zu verführen versucht, noch bevor er den Koffer aufmachte und den Knaben und das Neugeborene küßte. Sie habe ihn deswegen tüchtig ausgeschimpft. Er habe sich daraufhin ein wenig zusammengenommen, dem Jungen Süßigkeiten geschenkt und eine Zeitlang mit dem Mädchen gespielt. Dann sei er wieder, so erregt wie sie ihn nie zuvor erlebt habe, wie ein Verrückter hinter ihr her gewesen. Sie habe sich ihm aber verweigert, bis er fast weinte. Nach dem Abendbrot habe sie das Mädchen erst stillen und schlafen legen müssen, und als sie damit fertig gewesen sei, wäre der Junge auf ihren Schoß gesprungen und habe sich an sie geklammert, bis sein Vater schließlich so in Wut geriet, daß er ihn beinahe geschlagen hätte. Später sei es still im Haus geworden, und auch im Dorf sei völlige Ruhe eingezogen. Da sei sie endlich für ihn bereit gewesen.

Aischa verstummte, sie schloß die Augen, als wolle sie sich jede Einzelheit dieser Nacht vergegenwärtigen. Dann fügte sie hinzu: »Was soll ich euch sagen, ihr Mädchen, nie habe ich solche Wonnen genossen wie in dieser Nacht. Am Ende vergaß ich mich selbst, meine Sprache, mein Volk und wußte nicht mehr, wer und wo ich war. Oftmals kam es mir vor, als sei ich nicht nur die eine, sondern viele Frauen gleichzeitig, blonde, blauäugige Frauen von hochgewachsener Gestalt. Ein andermal sah ich mich in einer unbekannten Gegend nackt am Meeresstrand herumlaufen, oder ich lag in einem Garten wie im Paradies, und rings um mich her gab es Flüsse aus Milch und klarem Honig. Ich bin erst wieder zu mir gekommen, als Radschab ganz schwer auf meiner Brust lag!«

Die Nachricht verbreitete sich in Windeseile, und alle erfuhren es. Radschab hatte sich zu Tode geliebt! Die Männer umringten den ehrwürdigen Imam und erwarteten seine *Fatwa*. Der Imam starrte lange zu Boden, dann hob er den Kopf und sprach: »Bindet sein Geschlecht an seinem Schenkel fest und wascht ihn!« Die drei Männer taten, wie er ihnen geheißen hatte, und Radschab wurde unter Wehklagen zum Friedhof getragen. Gebete wurden für ihn gesprochen, und er wurde ins Grab gelegt. Anschließend kehrten die Männer schweigend zurück, mit schmerz- und kummervollen Gesichtern.

Unmittelbar nach dem Nachmittagsgebet zogen von Westen her schwarze Wolken auf. Donner grollte, und es ging ein gewaltiger Wolkenbruch nieder, der die Nacht über anhielt. Als die Dorfbewohner am Morgen erwachten, tanzte die Welt vor Freude und Glück. Die Vögel sangen, und frisches Gras schmückte die Felder und Hänge an den Hügeln, die gestern noch kahl und trostlos ausgesehen hatten.

Sie umarmten sich, tauschten Glückwünsche und priesen Gott, der ihnen all diese unendlichen Wohltaten erwies. Dann, sie wußten nicht genau warum, trugen ihre Füße sie zum Friedhof. Als sie dort auf Radschabs Grab schauten, entdeckten sie etwas wie einen dicken Stock, der stolz und frech aus der Erde herausragte.

Radschabs beste Freunde, seine Frau und die drei Männer, die ihn gewaschen hatten, versicherten sogleich, daß dieses Ding, das da aus seinem Grab aufstieg, genau wie seine Rute aussah. Ohne jede Übertreibung.

Die Kibla

In diesem Jahr dauerte die Dürre besonders lang, und der Imam des kleinen Dorfes am Rande der Wüste befahl den Leuten, vorsorglich zu fasten, um sich dann, säuberlich nach Männern, Frauen und Jungen getrennt, zum Regengebet zu versammeln. Als sie sich bald darauf am Gipfel eines kahlen Berges einfanden, wandte sich der Imam an Gott und seinen Propheten. Er bat um Regen, und die Leute beteten mit ihm. Danach weinte er, und auch sie weinten, und mit ihnen brüllten die Kühe und Kälber, blökten die Hammel und Lämmer, schrien die Esel und bellten die Hunde. Sieben volle Tage ging das so, doch der Himmel blieb, wie er war, trocken und staubgelb.

Als sie am siebten Tag tief enttäuscht wieder heimkehrten, begegneten sie einem fremden Scheich, der eilig nach Westen wanderte. Er trug nichts weiter auf dem Leib als eine *Abaja* aus grober Wolle, und er war barfuß. Sein Bart war langgewachsen wie bei jenen Derwischen, die in den Halbwüsten umherirrten. Die Dörfler machten lange Hälse wie junge Vögel beim Atzen und riefen ihm entgegen: »Wohin des Wegs, ehrwürdiger Scheich?«

»Zum Hause Gottes!« antwortete dieser mit dünner Stimme, ohne stehenzubleiben.

Verwirrt sahen sie einander an und riefen: »Da mußt du dich aber in der Richtung geirrt haben, ehrwürdiger Scheich, die *Kibla* ist dort!«, wobei ihre Finger in die entgegengesetzte Richtung zeigten, dorthin, wo Mekka lag.

»Ich kenne meine Richtung genau, ihr Männer!« erwiderte der fremde Scheich in barschem Ton.

Das muß ein Ungläubiger oder ein Verrückter sein! dachten sie. Dann stellten sie sich in einer Reihe vor ihn hin, als wollten sie ihn am Weitergehen hindern, und betrachteten ihn aus der Nähe. Aber sein Gesicht wies keine Anzeichen von Wahnsinn oder Bosheit auf. Ja, seine kleinen Augen leuchteten vor Klugheit und Güte, als trügen sie ein wundersames Geheimnis in sich.

»Hör mal, ehrwürdiger Scheich, du irrst dich bestimmt in der Richtung. Wenn du uns schon nicht glauben willst, dann schau doch nach dem Stand der Sonne!«

Der fremde Scheich folgte ihrer Anweisung und blickte zur Sonne. Langsam versank sie hinter den westlichen Bergen, die im Abendnebel verschwammen. Die Schatten waren lang geworden, und die Luft kühlte sich bereits ab. Sanft breitete sich die Dämmerung über die *Wadis* und Ebenen. »Sie geht in Gottes Haus, genau wie ich«, sprach der Scheich zu sich selbst.

Er war ein Ungläubiger, ganz gewiß, und man mußte ihn in die Schranken weisen und auf den rechten Weg zurückführen, sonst wäre womöglich ihr Gebet umsonst gewesen, und Gottes Zorn würde sie noch schlimmer treffen. Ratsuchend sahen sie sich nach dem Imam um, der bis jetzt keinen Ton gesagt hatte.

»Laßt mich nur meines Weges ziehen, meine Sache hat nichts mit euch zu tun«, sagte der fremde Scheich.

Da endlich rief der Imam, rot vor Zorn: »Dieser ketzerische *Zindik* muß auf der Stelle gezüchtigt werden!«

Der fremde Scheich aber lachte spöttisch: »Ein Zindik? Wie kannst du wagen, so etwas zu behaupten, Imam! Du weißt doch ganz genau, daß Gott dir schon längst nicht mehr beisteht. Die Leute haben es nur noch nicht gemerkt, sonst hätten sie sich die Mühe mit dem siebentägigen Gebet gespart!«

Die Dörfler waren verblüfft und fragten sich mit klopfendem Herzen, ob er wohl ein Zauberer sei, der verborgene Dinge sieht. Oder hatte er sich bloß in den Bergen versteckt und sie beobachtet? Noch immer standen sie in einer Reihe vor dem fremden Scheich, und über ihren Köpfen kreiste ein schwarzer Vogel, der mit schaurigem Krächzen Unglück und Tod verhieß.

»Dieser Zindik ist sofort zu züchtigen, habe ich euch gesagt!« schrie nun der Imam zum zweiten Mal, und sein Gesicht war wutverzerrt. Schon wollten sie sich auf ihn stürzen. Doch irgend etwas hielt sie gewaltsam zurück, sie konnten sich nicht von der Stelle rühren.

Wieder lachte der Scheich und spottete: »Ach, Imam, anscheinend weißt du nicht mehr, was du zusammenredest, seit dich die Gnade des Herrn verlassen hat. Merkst du nicht, daß die Ärmsten hier wie die *Höhlenschläfer* im Koran sind? Überanstrenge dich also nicht! Bürde ihren Seelen nicht auf, was sie nicht tragen können, und befiehl ihnen nichts, wozu sie nicht imstande sind!«

Den Leuten war, als ob sich ihre Münder und Augen mit Erde füllten. Sie mußten an finstere Gräber und an Würmer denken, die sich in verweste Leiber fraßen. Sie wollten sich bewegen, konnten es aber nicht. Stumm verharrten sie, die Gesichter starr zur Kibla gewandt. Der Imam kreischte und geiferte. Mit seiner aschgrauen *Dschubba* ähnelte er einem alten Raben, dem schon die Federn ausfallen.

Der fremde Scheich betrachtete sie noch eine Weile, dann ging er durch ihre dichte Reihe, so wie ein Messer durch einen schlaffen Körper fährt. Danach verschwand er in den Schluchten, über die langsam die Abendschatten hinzogen.

Die Sonne stand noch eine Zeitlang wie ein roter Ball auf den westlichen Berggipfeln. Dann sank sie in den Brunnen der Nacht.

Die Leute aber haben später nie mehr darüber gesprochen, was sie damals gehört und gesehen haben.

Der Koran und Lady Chatterley

Als ich zum ersten Mal dem Zauber des Koran verfiel, war ich etwa vier, fünf Jahre alt. Es muß bei einer religiösen Feier gewesen sein, vielleicht beim heiligen *Maulid* des Propheten. Es war Winter, eiskalter, blauer Dezember, wie die Dorfbewohner sagen. Draußen heulten die Winde und rüttelten an den Hütten. Im Innern loderten helle Feuer mit faustgroßen Glutstücken. In den Duft des Weihrauchs mischte sich das Aroma des starken schwarzen Tees, den die Beduinen so lieben. Der Kerzenschimmer und das Flackern der Petroleumlampen auf den weißen Wänden versetzten mich in einen wundersamen Traum. Alte Scheichs in weißen *Dschubbas* und roten *Tarbuschen* neigten sich nach rechts und links und rezitierten die Verse des Koran. Alles um mich her schien sich im Rhythmus der magischen Worte zu wiegen: die Köpfe der lauschenden Männer und Frauen, die Flammen des Feuers, das Licht der Lampen und Kerzen, der Wind da draußen, ja, das ganze Weltall.

Je mehr Koransuren die Alten sangen, desto hingebungsvoller lauschte ich ihren Stimmen. Tief in mir ballten sich die Gefühle wie Wolken vor dem Sturm zusammen. Manches Mal war ich nahe daran, in Tränen auszubrechen. Dann wieder fühlte ich mich leicht wie eine Feder, ich schwebte in den Himmel hinauf, bis ich das Firmament berührte, das mit abertausend Sternen bestückt war. Ach, wie glücklich war ich in dieser Nacht!

Ich glaube, ich war sechs, als ich mich den Kindern anschloß, die jeden Morgen in das Haus des Koranschullehrers gingen. Schon nach kurzer Zeit hatte ich mühelos mehrere Suren auswendig gelernt, ohne daß ich ihre Bedeutung verstanden hätte. Allein der Klang faszinierte mich. Mir war, als liefe ich durch einen dichten, endlosen Wald, einen Wald aus Worten und Bildern.

Später erfuhr ich, daß ich nicht der einzige war, der dem Zauber des Koran erlag. Oft genügte es schon, ihn nur zu vernehmen. Die seelische Erschütterung konnte das Verhalten und Denken eines Menschen vollkommen wandeln. Der beste Beweis ist vielleicht die Geschichte, die über den Khalifen Umar Ibn al-Khattab erzählt wird. Bekanntlich gehörte er zu den schärfsten Feinden des Propheten Muhammad, als dieser die neue Religion zu verkünden begann. Auf Umar Ibn al-Khattab beriefen sich die *Kuraisch* in ihrem verstockten Widerstand gegen den »gefährlichen Magier« Muhammad. Aber eines Abends geschah es, daß Umar bei seinem Spaziergang durch Mekka hörte, wie einige Anhänger Muhammads den Koran vortrugen. Im selben Augenblick erweichte sich sein hartes Herz, er brach in Tränen aus und war bekehrt. Eine andere Überlieferung berichtet: Während Umar gerade jene schmähte, die den Islam angenommen hatten, las er ein Stück aus der Sure »TaHa«. Da rief er aus: »Wie schön sind diese Worte, wie edel!« Anschließend bekannte er sich zum Islam.

Ein anderes Beispiel ist al-Walid Ibn al-Mughira, ein vornehmer Kuraisch. Nachdem er eine Passage aus dem Koran gehört hatte, sprach er zu den angesehenen Herren: »Keiner von euch versteht sich, weiß Gott, besser als ich auf die Poesie, ihre Metrik und Struktur, sei sie auch von *Dschinnen* gemacht. Wahrlich, nichts von alldem kommt dem Koran gleich! Seine Worte sind voll Anmut und Eleganz. Was niedrig ist, macht er zunichte, was hoch ist, überragt er!«

Dieselbe staunende Bewunderung für die Worte des Koran zwang etliche der erbittertsten Feinde des Propheten Muhammad zu dem Eingeständnis: »Gegen den Koran haben wir gar nichts vorzubringen.«

Ich war noch ganz neu in der Koranschule, als ein korpulenter Mann in einem weißen *Dscharidi*-Burnus, wie ich ihn noch nie in unserem Dorf gesehen hatte, zu uns nach Hause kam. Er war ehrfurchtgebietend und redegewandt. Mein Vater empfing ihn überaus herzlich und begrüßte ihn umständlich. Ihm zu Ehren schlachteten wir unsere zwei schönsten und fettesten Hähne. Nachdem uns der Vater befohlen hatte, ordentliche Sachen anzuziehen und uns anständig zu benehmen, raunte er uns noch zu, der edle Gast komme von einem Stamm im Süden, er gehöre der Oberschicht an und kenne sich wie kaum ein anderer mit Gottes Wort aus. Nach dem Abendessen holte der Gast einen in dunkelrotes Leder gebundenen Koran hervor und schlug ihn auf. Bis heute glaube ich, daß es der schönste Koran war, den ich in meinem ganzen Leben jemals gesehen habe. Das breite Gesicht des Gastes leuchtete wie das der Heiligen, von denen uns die Erwachsenen so oft erzählt hatten. »Diesen Koran schenkte mir mein Großvater, Gott erbarme sich seiner«, sprach er, »eine Woche, bevor er starb. Vielleicht wußte er da schon um Gottes Ratschluß!« Unbewußt streckte ich die Hand nach dem herrlichen, wundervollen Buch aus. Aber mein Vater schalt mich: »Faß den edlen Koran nicht an, bevor du dir die Hände gewaschen und den Namen Gottes des Erhabenen und Mächtigen ausgesprochen hast!« Und der

Gast fügte hinzu: »Du mußt wissen, mein Junge, daß dieses Buch nur die Reinen berühren dürfen!« Daraufhin begann er die heiligen Verse mit wohltönender Stimme zu rezitieren und las, bis uns der Schlaf überwältigte. Seit jener Nacht, und noch bis zu meinem siebzehnten Lebensjahr, befolgte ich jedesmal, wenn ich das erhabene Buch berühren wollte, die Ratschläge meines Vaters.

Bis ich zehn war, bekam ich im ganzen Dorf kein anderes Buch zu sehen als den Koran. Wann immer ich ihn aufschlug, vergaß ich die Welt und mich selbst. Zeit und Raum wurden bedeutungslos. Nur das Bild des Erzengel Gabriel mit seinen Flügeln aus Licht, als er dem Propheten in der Grotte Hira das Wort Gottes verkündete, strahlte in meinen Gedanken wie eine Lampe in dunkler Nacht. Manchmal hatte ich das Gefühl, ich selbst hockte in einer finsteren Höhle in den nackten Bergen um Mekka, und es strömten die Wunderworte, denen nichts auf Erden gleicht, was Menschen über die Zunge kommt, wie ein goldener Regen auf mich herab. Mit jedem Wort, das aus meinem Munde drang, fühlte ich mich mehr und mehr vom Schmutz der Welt und ihrer Bewohner gereinigt. Ich schwebte gen Himmel, näher und näher dem Reich Gottes mit all seinen Engeln und Propheten.

In unserem Dorf, das zwischen kahlen Bergen liegt, eine leichte Beute für Hunger und Dürre, bedeutete der Koran für alle eine Zuflucht: für Kinder, Männer und Frauen, Gebildete und Analphabeten. Er war wie eine grüne Oase, in die wir uns aus der Wüste unseres eintönigen Lebens retteten. In Zeiten der Not, der Katastrophen und des Todes linderte er unseren Kummer und Schmerz. Er war es auch, der unsere Feste und Hochzeiten, Verlöbnisse und Beschneidungen verschönte, der Dämonen und *Ghule* fernhielt und den bösen Blick der Neider abwehrte.

Er beschleunigte die Genesung des Kranken und führte den Verlorenen heim, er machte kinderlose Frauen fruchtbar und erleichterte ihnen die Niederkunft. Er besänftigte die haßerfüllten Herzen.

Die Alten hatten uns eingeschärft, es genüge, unterwegs in der Sommerglut siebenmal die Sure *al-Fatiha* aufzusagen, dann könnten uns die Giftschlangen nichts mehr anhaben. Vor dem Einschlafen sollten wir die *Schahada* und die Sure »Die Menschen« beten: »Sprich: Ich nehme meine Zuflucht zum Herrn der Menschen, dem König der Menschen, vor dem Übel des schleichenden Einflüsterers, der da einflüstert in die Brust der Menschen, unter den Dschinnen und den Menschen.« Dann hätten wir gewiß einen ruhigen Schlaf, ohne Alpträume und ohne Teufel, die niemals schlafen und niemanden schlafen lassen.

Wenn die Dürre gar nicht aufhören wollte und das Vieh umkam, wenn der Boden aufriß wie die Lippen Reisender, die in der Gluthitze dem Verdursten nahe sind, rüsteten wir uns zum Regengebet. Wir schritten hinter dem alten Imam her, Frauen, Männer und Kinder, und sagten mit lauter Stimme Segenssprüche und dazwischen immer wieder Suren aus dem heiligen Buch auf.

So zogen wir bis zum Gipfel des Berges »Sakkoum«, im Norden unseres Dorfes. Dort stellten wir uns hinter dem Imam auf und beteten inbrünstig. Oftmals erhörte der Herr unser Flehen und sandte Regen, bevor wir noch in unsere Häuser zurückgekehrt waren.

Obwohl mein Vater Analphabet war, lauschte er für sein Leben gern den Koranrezitationen, bis zu seinen letzten Tagen. Als er erfuhr, daß ich den größten Teil schon auswendig konnte, mußte ich ihm ein-, zweimal die Woche einige Suren vortragen. Besonders gern hörte er die Sure »Der Erbarmer«. Sobald ich damit anfing, schloß er die Augen. Sein Gesicht erstrahlte von einem inneren Licht, und seine Seele war von tiefer Freude und Zuversicht erfüllt. Bei der Sure »Marjam« stiegen ihm Tränen in die Augen, so daß ich glaubte, er würde jeden Moment losweinen, obwohl ich ihn doch niemals hatte weinen sehen. Wenn ich aber zu jenen Suren überging, die das Höllenfeuer und die Qualen beschreiben, die den Ungläubigen am Tage des Jüngsten Gerichts erwarten, verdüsterte sich sein Gesicht wie der Himmel vor dem Sturm.

Eine Woche vor seinem Tod, ich war damals dreizehn, rief er mich zu sich. Mit schon ersterbender Stimme bat er mich, ihm etwas aus seinen Lieblingssuren vorzutragen. Als ich fertig war, faßte er nach meiner Hand. Lange sah er mich mit fiebrigen Augen an, dann flüsterte er mir zu: »Jetzt kann ich ruhig sterben, ohne mich um deine Zukunft zu sorgen.«

Einen solchen Sommer hatten wir noch nie erlebt. Es war heiß, als ob die ganze Welt in Brand gesteckt wäre. Mittags, wenn die Hitze so schlimm wurde, daß sich die Sonne auf die Schwanzspitze stellt, wie die Dörfler sagten, flüchteten wir Kinder fast immer zum Olivenbaum, genannt »das Kamel«. Er war der mächtigste und älteste Ölbaum in der ganzen Gegend, jedenfalls behaupteten das die Erwachsenen. In seinem weiten Schatten streckten wir uns im kühlen, feinen Sand aus und blieben lange dort liegen. Wir erzählten Märchen und Witze, trieben unschuldige Spielchen und heckten harmlose Streiche untereinander oder gegen andere Dorfkinder aus, bis gegen Abend ein Lüftchen aufkam und die brennende Sommerglut nachließ.

Einmal war ich schon vor allen anderen dort. Den Kopf an den mütterlichen Stamm gelehnt, träumte ich vor mich hin und sah mich in fernen Städten, von denen uns der Geographielehrer erzählt hatte. In Städten, die niemals schliefen, mit Autos und Frauen ohne Zahl, mit Mädchen, so hochgewachsen, daß sie an die Wolken stießen, und Kinos, die keine Wände, aber vierundzwanzig Stunden Einlaß hatten. Anschließend sah ich mich schneebedeckte Berge erklimmen, alles ringsum war weiß, dann taten sich herrliche Gärten vor mir auf wie im Paradies, Jungfrauen in weißen Gewändern lustwandelten barfüßig, leise singend wie die himmlischen Engel. Auf Zehenspitzen schlich ich näher, als mich plötzlich Saleh az-Zaaruri aus meinen süßen Träumen riß.

Saleh az-Zaaruri war der Sohn meiner Base, der Tochter Tante Fatimas, die ich von all meinen Tanten am liebsten mochte, weil sie mir immer Süßigkeiten und Leckereien zusteckte, wenn ich sie besuchen kam. Im Dorf hieß Saleh az-Zaaruri bei Alt und Jung nur der *Schaitan*. Er war aber auch wirklich ein richtiger Teufel! Er war mickrig, dazu plattnasig und breitmäulig wie ein Waran. Er dachte sich immer den tollsten Ulk und Schabernack aus, legte geschickt Schlingen für Vögel und Wildhasen aus, trug Weiberklatsch herum und klaute Feigen und Mandeln aus fremden Gärten. Er hatte keine Angst vor der Nacht, vor Gräbern und Geistern so wie wir, und ein paarmal reiste er ganz allein in die Nachbardörfer, ja sogar bis nach Kairouan und Sousse. Wir hatten großen Respekt vor ihm, denn er hätte jeden, der ihn provozierte oder beleidigte, leicht fertigmachen können. Für seine Faulheit und Aufsässigkeit prügelte ihn der Lehrer, was das Zeug hielt, aber Saleh az-Zaaruri scherte sich einen Dreck darum, und wenn wir das Klassenzimmer verließen, sagte er bloß, die paar Klapse seien der reine Honig im Vergleich zu der Dresche, die er vom Vater und von seinem großen Bruder al-Hadi bekam. Dann brach er in ein teuflisches Gelächter aus und rief: »Was seid ihr doch für Memmen, wie die kleinen Mädchen!«

Obwohl mir mein Vater strengstens verboten hatte, mich mit Saleh az-Zaaruri einzulassen, ja, auch nur in seine Nähe zu kommen, zog es mich gerade zu ihm, mehr als zu den anderen.

Zugegeben, wir standen in entgegengesetzten Lagern, denn zu jener Zeit war ich ein braver Junge. Schüchtern und verklemmt, hob ich nie die Stimme im Beisein von Erwachsenen, und immer war ich Klassenerster. Aber die Abenteuer von Saleh az-Zaaruri bezauberten mich, sein Ungehorsam war faszinierend, und manchmal wünschte ich mir, ich könnte sein wie er. Da würde ich teuflisch lachen oder den Mädchen nachschleichen, wenn sie zur Quelle gingen, und ihnen die Röcke bis übers Knie hochwerfen oder sie durch das Schlüsselloch beim Mittagsschläfchen beobachten. Ich würde Vögel mit einem Stein erlegen oder in den Garten von Salem Ibn Abdallah springen, jede Menge Feigen klauen und sie ganz allein unter dem Olivenbaum »das Kamel« auffuttern.

Vielleicht habe ich deshalb Saleh az-Zaaruri in den Mathematikprüfungen und Diktaten immer geholfen. Einmal wagte ich es sogar, ihn in eine entlegene Schlucht zu begleiten, um Vogelnester auszunehmen. Als mein Vater davon erfuhr, verprügelte er mich, daß meine Beine anschwollen. Die ganze Nacht hat er mich mit dem Esel im Strohspeicher eingesperrt.

Als wir erwachsen waren und das Leben uns getrennt hatte, hörte ich, daß sich Saleh az-Zaaruri lange im Osten herumgetrieben hatte und jetzt in Kuweit und in den Emiraten in Hotels arbeitete. Er habe eine Ägypterin geheiratet, die in einem Nachtclub in Alexandria aufgetreten sei.

Einmal habe er mit ihr zusammen sein Dorf besucht. Aber sein Vater hätte die beiden zornig hinausgeschmissen. Er hätte die Ägypterin dabei erwischt, als sie im Innenhof rauchte und Whisky trank.

Während des Golfkrieges kam ich nach Kairouan zurück. Als ich an einem sonnigen Dezembermorgen durch die *Suks* schlenderte, klopfte mir jemand auf die Schulter. Ich fuhr herum, und da stand Saleh az-Zaaruri vor mir. Er war noch mickriger und häßlicher geworden, ein paar Zähne fehlten, seine Schläfen waren ergraut, und überall sprossen ihm sonderbare Pusteln im Gesicht. Wir tranken einen Kaffee zusammen und schwatzten mehr als eine Stunde miteinander. Er erzählte mir, daß er seine Arbeit in Kuweit durch den Krieg verloren habe. Jetzt wolle er endgültig in Kairouan bleiben und sich eine ordentliche Frau suchen.

»Und die Ägypterin?« fragte ich. »Die Ägypterin habe ich verstoßen, und zwar dreimal«, sagte er. Dann brach er in sein berühmtes teuflisches Gelächter aus, und sofort fühlte ich mich zurückversetzt in unsere Kindertage, die dahin waren, dahin ohne Wiederkehr.

Dieser Saleh az-Zaaruri also riß mich aus meinen süßen Träumen dort unter dem Olivenbaum. Die Grillen zirpten, und alles stöhnte unter den Hitzeschwaden, die in mächtigen Wogen vom Himmel herabwallten. Schon seit Wochen hatte ich Saleh az-Zaaruri nicht mehr gesehen. Manche vermuteten, er sei vielleicht, wie jeden Sommer, nach Kairouan oder Sousse gefahren. Aber mein Vetter Umar versicherte mir, daß er in die Hauptstadt zu seinem Onkel gereist wäre, der dort im Baugeschäft tätig sei.

Ich richtete mich auf. Saleh az-Zaaruri kam gemächlich und ruhig näher. Er trug ein schönes Hemd mit blauen, roten und gelben Sternen, dazu olivgrüne Shorts und leichte Sandalen. Glücklich sah er aus, richtig wohlgenährt. Seine Haut war hell wie bei einem besser gestellten Stadtjungen. Ohne zu grüßen, das tat er ohnehin nur selten, legte er los: »Hör mal, ich hätte da ein tolles Geschenk für dich, aber nur unter einer Bedingung.« »Welche?« fragte ich mit Herzklopfen. »Daß du mir einen schönen Brief aufsetzt.« »An wen denn?« »An ein Mädchen.« »Ein Mädchen?« »Ja doch, ein Mädchen.« Er schwieg für eine kleine Weile, sein Blick schweifte in die Ferne. Nach einem tiefen Seufzer fuhr er fort: »Na ja, ein Mädchen, Laila heißt sie, und Augen hat sie wie die Filmdiva Suad Husni. Sie wohnt in der Nähe meines Onkels in der Hauptstadt. Ich bin total in sie verliebt.«

»Warst du wirklich in der Hauptstadt?« »Na klar bin ich da gewesen, und jetzt kann ich sagen, daß ich ein richtiger Mann bin, denn wer die Hauptstadt nicht kennt, kann nicht behaupten, ein Kerl zu sein!«

Saleh az-Zaaruri stieg in meiner Achtung. Der war ja weitgereist wie Sindbad! Bewundernd starrte ich ihn an, während er stolz und kühn mit funkelnden Augen vor mir stand. Einige Augenblicke war es still. Dann fragte mich Saleh az-Zaaruri: »Nimmst du die Bedingung an?« »Ich akzeptiere!« antwortete ich. Er zog ein dickes Buch unter seinem schönen Hemd hervor und warf es mir zu.

Auf dem grauen Einband stand mit dicken schwarzen Buchstaben der Titel »Magdolin« und darüber der Name des Verfassers: Mustafa Lutfi al-Manfaluti. Ganz unten war ein Mann mit Turban und dichtem schwarzem Schnurrbart abgebildet. Sein Gesicht war breit wie das meines Vaters, und seine *Dschallaba* glich denen unserer Bauern. Später erfuhr ich, daß es das Bild des Autors war. Ich strich über den feinen Einband, das Buch gefiel mir.

Saleh az-Zaaruri sprach weiter: »Laila hat es mir geschenkt. Sie sagte, es wäre das beste Buch, das sie im Leben gelesen hätte. Ich glaube, sie hat ziemlich viel geheult, als sie damit fertig war, und bei der Heimfahrt von der Hauptstadt wollte ich es im Bus lesen, aber ich schaffte nicht mal die ersten drei Seiten. Nun weiß ich, daß du Bücher über alles liebst, und deshalb wollte ich es dir schenken. Ich bin sicher, du findest was daran.«

»Und wann soll ich den Brief für dich aufsetzen?« »Sobald du das Buch gelesen hast. Ich habe Laila versprochen, daß ich ihr in meinem ersten Brief beschreibe, was ich dabei gefühlt habe.« »Na schön«, sagte ich.

Allmählich tauchten die anderen Jungen beim Olivenbaum »das Kamel« auf. Als Saleh az-Zaarudi sie kommen sah, stöhnte er: »Oh je, die halt ich nicht aus.« Damit verschwand er in der wabernden Mittagsglut.

»Magdolin«, von Mustafa Lutfi al-Manfaluti nach einem Roman des französischen Schriftstellers Bernardin de Saint-Pierre geschrieben, war mein erstes Buch nach dem Koran. Es überwältigte mich völlig. Ich weiß noch, daß ich mich hineinvertiefte, sobald Saleh az-Zaaruri weggegangen war. Als ich merkte, daß es mich in seinen Bann zog, verließ ich die Jungen mit ihren lärmenden Spielen. Ich verzog mich in einen stillen Winkel und las weiter, bis die Nacht hereinbrach.

Am nächsten Vormittag hatte ich es ausgelesen. Den glühend heißen Sommer über, bis im Herbst die Schule anfing, las ich es wieder und wieder. Und immer mit derselben Spannung und Begeisterung! Jedesmal vergaß ich mich selbst und das ganze Dorf und die drückende Hitze. Weit, weit in die Ferne zog ich, wie die Helden großer Legenden überquerte ich die Kontinente, Berge und Meere, bis ich schließlich zu einer Insel am Ende der Welt gelangte.

Hier erlebte ich eine leidenschaftliche Liebesgeschichte. Meistens stellte ich mir vor, ich sei Paul und hielte Virginie an der Hand. Im sanften Licht des Vollmondes über dem Eiland flüsterte ich ihr süße Worte zu. Ich tollte mit ihr über den silbernen Sand am Meer, litt Höllenqualen, weil sie nach Paris abgereist war, stand am Ufer des Ozeans, als ein wütender Sturm das Schiff zertrümmerte und meine teure Virginie in die schäumenden Wogen schleuderte. Ich weiß noch, daß mich die Geschichte so beeindruckte, daß ich mich vollkommen von den anderen Jungen zurückzog, auch nicht mehr mit meiner Familie redete, außer mit der Mutter. Am liebsten wanderte ich nachts auf einsamen Pfaden umher, saß auf einem hohen Felsen und sah zu, wie die Sonne versank oder aufging, oder lehnte mich an den Stamm des Olivenbaums »das Kamel«, wenn die anderen gerade nicht da waren. Dann schloß ich die Augen und stellte mir jede Episode noch einmal vor.

Nach drei Tagen tauchte Saleh az-Zaaruri auf. Sein Hemd war wieder schmutzig, seine Haut gebräunt und trocken wie die unsere.

»Na, was hast du getrieben?« fragte er. »Ich bin durch«, sagte ich. »Hat's dir gefallen?« »Und wie, denn es dreht sich um eine Wahnsinnsliebe, die auf einer Insel am Ende der Welt spielt.«

Ich wollte ihm die Geschichte von Anfang bis Ende erzählen, aber er unterbrach mich mit einer entschiedenen Handbewegung. »Mich interessiert nicht, was in der Geschichte passiert«, sagte er, »mich interessiert bloß, daß du mir einen tollen Brief an Laila schreibst.« »Das mach ich.« »Wann?« »Morgen!«

In der Nacht, als das Dorf zur Ruhe gegangen war und mein Vater laut genug schnarchte, schlüpfte ich in die Gestalt des leidenschaftlich verliebten Saleh az-Zaaruri und schrieb Laila den versprochenen Brief: »Ob ich schlafe oder wache, stets sehe ich nur Dein Bild vor mir. Dein Lächeln strahlt schöner als alle Sterne und Monde zusammen, ohne Dich hat die Welt keinen Wert.« Nachdem ich mehrere Seiten auf diese Weise gefüllt hatte, kam ich auf »Magdolin« zu sprechen: »Bitterliche Tränen vergoß ich, als ich das Buch aus der Hand legte. Nun meidet mich der Schlaf. Ich vermag nichts mehr zu essen, noch mit den Menschen zu sprechen. Ach, Laila, du bist meine Virginie, und ich bin Dein Paul. Aber ich lasse Dich nicht ertrinken, nein, ich stürze mich mitten in die zürnenden Wogen und trage Dich auf meinen Armen ans rettende Gestade. Nichts kann uns mehr trennen, nur der Tod, vereint aber werden wir leben, bis an unser seliges Ende, zwei Seelen in einem Leib.«

Am folgenden Tag kam Saleh az-Zaaruri. Stehend hörte er sich den Brief an und spitzte wie ein Wachhund, dem kein Geräusch entgeht, die Ohren. Als ich zu Ende gelesen hatte, strahlte er übers ganze Gesicht.

»Du bist wirklich ein großartiger Briefschreiber!« rief er hocherfreut. »Ganz bestimmt findet Laila den Brief wunderbar. Sie liebt diesen Schmus, rührselige Ausdrücke, Gefühlsduseleien. Am liebsten würde sie immer irgendwas lesen, das sie zum Heulen bringt und tagelang so richtig trübsinnig macht.«

Er schwieg kurz. Dann sagte er, den Blick zu Boden gerichtet: »Aber das ist sowieso egal, wichtig ist nur, daß ich sie nächsten Sommer flachlege, wenn ich meinen Onkel besuche.«

Mit fünfzehn kam ich in Haffouz auf die Oberschule. Haffouz war die »Hauptstadt« unseres Distrikts, obwohl es sich kaum von anderen Dörfern unterschied. Staubige, meist unbefestigte Straßen und eine einzige Bar mit übermalten Fensterscheiben, damit man nicht sehen konnte, wer sich im Innern aufhielt. Rings um den Ort lagen hübsche Landgüter, die den französischen *Colons* nach der Unabhängigkeit im Jahre 1956 weggenommen und später den Günstlingen des neuen Systems übereignet worden waren.

Armer Leute Kinder wie ich fielen in die Obhut der sogenannten »Gesellschaftlichen Solidarität«. Das war eine karitative Organisation, die das Ministerium für Erziehung und Bildung zur Unterstützung bedürftiger Schüler gegründet hatte.

Wir waren in einer großen Wellblechbaracke untergebracht, die einem französischen Colon gehört hatte, der kurz vor der Unabhängigkeit von einem seiner arabischen Arbeiter erstochen worden war. Etliche Einwohner von Haffouz versicherten uns, daß die Baracke ursprünglich ein Kuhstall gewesen sei.

Unsere Aufseher waren harte Männer, die ständig mit dem Stock herumfuchtelten, um uns zu terrorisieren und einzuschüchtern. Ohne zu zögern, schlugen sie brutal zu, wenn wir ihren Befehlen nicht gehorchten oder die exakt vorgeschriebenen Verhaltensregeln übertraten. Um zehn Uhr abends wurde das Licht gelöscht, dann durfte nicht mehr geredet werden. Wenn sich doch einer erdreistete, das tiefe Schweigen zu brechen, fielen die Aufseher mit Stöcken über ihn her. Manchmal zerrten sie den Halbnackten aus dem Bett und ließen ihn für eine oder zwei Stunden in der Kälte stehen. Das Essen war nicht viel besser als ein Gefängnisfraß. Deshalb verging auch kein einziger Tag, ohne daß einige von uns Durchfall, Bauchgrimmen oder schlimmere Krankheiten bekamen. Da konnte es leicht geschehen, daß man im Hof an die zwanzig Schüler sah, die sich gleichzeitig übergaben.

Obendrein fraßen uns die Läuse auf, die sich munter in unseren Kleidern und auf unseren Köpfen tummelten. Nachts hüpften, hocherfreut über unsere Anwesenheit in ihrem Reich, die Mäuse auf unseren Betten herum. Ich erinnere mich auch, daß einige Flegel aus der öden Gegend um Haffouz von der Schule flogen, weil sie versucht hatten, kleine Mädchen zu vergewaltigen, oder weil sie beim Onanieren im Abort erwischt worden waren. Einmal wollten wir gegen die harten und unwürdigen Bedingungen protestieren, aber die Aufseher trieben uns in der Baracke zusammen. Dann schlossen sie die Türen und schlugen uns, bis wir überall mit Wunden bedeckt waren und ein paar von uns ohnmächtig wurden.

In der Freizeit, besonders an den Wochenenden, flüchtete ich in die Bibliothek, die »Haus des Volkes« hieß. Dort las ich stundenlang Bücher oder blätterte darin herum. Manchmal genoß ich auch nur ihren Anblick, wie sie in schöner Ordnung die Wände des geräumigen Saals ganz und gar bedeckten. Der Bibliothekar, ein stiller, höflicher Mann um die Fünfzig, liebte die Poesie und kannte die *Kassiden* der größten arabischen Dichter aus alten Zeiten auswendig. Als er merkte, daß ich geradezu süchtig nach der Bibliothek war, bedachte er mich mit väterlichem Wohlwollen. Mindestens zweimal in der Woche rief er mich zu sich, um sich nach dem Fortgang meiner Studien zu erkundigen oder mir Ratschläge und Hinweise für meine Lektüre zu geben.

An jenem Tag war der Himmel düster, die schneidende Kälte drang messerscharf bis auf die Knochen. Die Straßen waren fast menschenleer. In der Ferne ragte finster wie ein schrecklicher Dämon der Berg »Tarazza« empor, als wolle er sich gleich auf die Ortschaft und ihre Bewohner hinabstürzen. Nach dem Mittagessen, das wie immer miserabel war, wickelte ich mich in meinen schwarzen Burnus und lief in die Bibliothek. Aber ich konnte »Die Tränen« von al-Manfaluti nicht finden. Ich war schrecklich enttäuscht, am liebsten hätte ich geheult. Kein Wunder, denn nachdem ich »Magdolin« gelesen hatte, stand al-Manfaluti meinem Herzen am allernächsten. Sobald ich nur ein Buch von ihm sah, schnappte ich danach wie ein Hungriger nach einem Brotkanten. Zwar hatte ich inzwischen auch andere Autoren gelesen, aber keiner begeisterte mich wie er.

Ich stöberte in den Büchern herum, um eines zu finden, das mir über die Enttäuschung hinweghelfen könnte. Ich war schon ganz verzweifelt, als mir der Bibliothekar auf die Schulter klopfte und fragte: »Was suchst du denn?« Da erzählte ich ihm die Sache mit den »Tränen«. »Die Tränen, die Tränen, laß mich überlegen«, sagte er. »Ach ja, die hat ein Lehrer ausgeliehen, aber ich glaube, er wird sie für mindestens zwei Wochen behalten.«

Die Nachricht traf mich wie ein Dolch. Jetzt ohne ein Buch in die Baracke zurückzukehren, schien mir die schlimmste Strafe, die ich jemals hatte erleiden müssen.

Als der Bibliothekar meine Betroffenheit und Verwirrung bemerkte, tröstete er mich: »Mach dir nichts draus, mein junger Freund, ich habe ein ganz neu eingetroffenes Buch, es wird dir bestimmt gefallen. Wie ich hörte, soll der Verfasser einer der bekanntesten Schriftsteller Ägyptens sein, und seine Bücher verkaufen sich wie Zuckerzeug.«

Danach nahm er ein nicht allzu dickes Buch aus dem Regal und legte es vor mich hin. »Da ist es«, sagte er. Bevor er in sein Büro an der Eingangstür ging, sagte er noch: »Es würde mich interessieren, deine Meinung zu erfahren, sobald du es gelesen hast.«

Auf dem Einband stand: Nagib Machfus, »Die Midaq-Gasse«, Roman. Der Titel klang langweilig, er ließ mich völlig kalt. Trotzdem wollte ich ein paar Seiten lesen, um mir das Wohlwollen des Bibliothekars nicht zu verscherzen. Außerdem dachte ich mir: immerhin noch besser, als vor dem Abend wieder in die Baracke zurück zu müssen.

Was dann geschah, war wie ein herrlicher Traum. Eine nie gekannte, wundervolle Welt tat sich vor mir auf. Ich befand mich in einer sonderbaren Stadt und spazierte unbekümmert durch die Viertel und Gassen, als streifte ich durch die Olivenplantagen meines Dorfes. Ich trat in die Häuser, ohne die Bewohner um Erlaubnis zu fragen, lüftete ohne Mühe ihre Geheimnisse und teilte Freude und Kummer mit ihnen, als wären sie meine Verwandten. Während ich mich immer tiefer in die Ereignisse und Geschehnisse hineinlebte, erschien mir alles eigentümlich vertraut. Ich war sogar überzeugt, daß ich ähnliches auch schon in meinem Dorf erlebt hatte.

Am nächsten Mittag hatte ich den Roman ausgelesen. Ich verließ die Bibliothek mit dem Gefühl, von einer unerhörten Reise zurückgekehrt zu sein, die mein Leben vollkommen veränderte. Nichts hatte ich mehr mit diesem unerfahrenen Grünschnabel gemein, der ich eben noch gewesen war. Als ich am Abend die Baracke betrat, hätte ich am liebsten allen Schülern laut verkündet, daß ich nicht mehr zu ihnen gehörte und daß sie noch Jahre brauchen würden, um zu kapieren, was ich innerhalb von nur zwei Tagen begriffen hatte.

Nach der »Midaq-Gasse« brach ich mit al-Manfaluti. Als mir der Bibliothekar zwei Wochen darauf »Die Tränen« vorlegte, stellte ich das Buch bald wieder ins Regal zurück. Der Bibliothekar beobachtete mich erstaunt und verblüfft. Aber ich lächelte ihm nur vielsagend zu, um ihm anzudeuten, daß ich über diese Phase längst hinaus sei und an derlei Büchern wirklich nichts mehr fände.

Im Herbst 1988 besuchte ich Kairo zum ersten Mal. Ich begleitete ein Team des deutschen Fernsehens, das einen Dokumentarfilm über Nagib Machfus drehen wollte, zehn Tage, bevor er den Nobelpreis für Literatur erhielt. Spät in der Nacht kamen wir an, und ich war todmüde. Trotzdem konnte ich nicht eine Minute schlafen. Bis zum Tagesanbruch blieb ich in meinem Zimmer mit Blick auf den Nil, gespannt auf Kairo, das ich durch die Romane von Nagib Machfus so liebte. Am Morgen las ich die Zeitungen und trank einen türkischen Mokka im Café »Ramses«, dann fuhr ich mit einem Taxi in das berühmte al-Husain-Viertel. Nach ungefähr einer Stunde, die ich mit Suchen und Fragen zubrachte, gelangte ich endlich in die Midaq-Gasse. Als ich durch das enge Gäßchen schlenderte, konnte ich kaum glauben, was ich sah. Da war nichts, was auch nur entfernt darauf hingedeutet hätte, daß dieser Ort einmal voller Leben gewesen war, der Schauplatz dramatischer Liebesgeschichten, familiärer und sozialer Tragödien, so vieler Leiden und Schmerzen, wie sie in jenem Roman beschrieben waren, den ich vor etwa dreiundzwanzig Jahren gelesen hatte. Nur noch Trümmer, Ruinen und Staub gab es, haufenweise Abfall, unerträglich stinkenden Unrat und arme Leute, die mich mit leblosen Augen anstarrten, als wären sie eben aus den Gräbern auferstanden. Nie im Leben habe ich einen Ort gesehen, der so an Tod und Vergänglichkeit erinnerte. Wie ein Schatzsucher, der nichts weiter als einen leeren Krug ausgegraben hatte, kehrte ich betroffen und enttäuscht an den Platz gegenüber der al-Husain-Moschee zurück. Dort nahm ich ein Taxi zum Hotel und fiel in einen tiefen Schlaf, aus dem mich erst die Deutschen weckten, als sie um sieben Uhr abends an meine Tür klopften.

Lange bevor ich »Die Midaq-Gasse« gelesen hatte, glaubte ich, die Literatur schwebe in einer Phantasiewelt zwischen haarsträubenden Geschichten von Unheil und Schrecken oder fernen Zeiten, wo die Menschen, mit Fell bedeckt, wie die wilden Tiere durch schwarze Wälder streiften, rohes Fleisch hinunterschlangen und wie die Löwen brüllten oder wie die Wölfe heulten. Als ich dann al-Manfaluti las, war ich der Meinung, daß sich Literatur von aller Bosheit, Gemeinheit und Lasterhaftigkeit peinlich fernhalten müsse. Ihr eigentliches Anliegen sei es, das Gute, Moral, Tugend, edle Gefühle und erhabene Liebe zu preisen. Sobald ich aber »Die Midaq-Gasse« gelesen hatte, fielen all diese Vorstellungen wie eine Burg aus Sand in sich zusammen. Im selben Augenblick verwandelte sich die Literatur in etwas völlig anderes. Von nun an war sie eng verbunden mit einer Wirklichkeit, die ich fühlen und anfassen konnte, mit dem Leben von Menschen, die ich kannte und die mich kannten. Sie konnte alles ganz genau beschreiben: ihre Schmerzen und Freuden, ihr Elend und ihre Enttäuschungen, ihre Niederlagen und ihren Verrat, ihre Intrigen und ihre Verbrechen. Eines Tages würde auch ich das Leben der Menschen in meinem armen kleinen Dorf beschreiben und spannende Geschichten über sie erzählen, wie Nagib Machfus über die Bewohner der Midaq-Gasse.

Solche Gedanken schwirrten mir in der dunklen Baracke durch den Kopf, wenn alles schon schlief. Ich vergaß die Läuse und die Mäuse, vergaß die Stöcke der grausamen Aufseher und schwelgte in rosaroten Träumen, bis mich der Schlaf überwältigte.

Im nächsten Schuljahr erhielt ich für meinen glänzenden Prüfungsabschluß im ersten Jahr ein Stipendium, das mir erlaubte, im Internat für die Kinder der Wohlhabenden zu wohnen. Die meisten kamen aus Großstädten, wie Kairouan und Sousse. Es waren wohlerzogene, rotwangige Knaben, geschniegelt und gebügelt, die artig speisten und sich gedämpft unterhielten. Wenn ihre Familien zu Besuch kamen, brachten sie ihnen Schokolade und Biskuit und anderes Zeug mit, das ich noch nie zuvor gesehen hatte.

Mir gefiel mein neues Leben, und ich las immer begieriger. Ja, ich kaufte sogar ein dickes Heft, in das ich alle Passagen übertrug, die mir in einem Roman oder einer Erzählung besonders gefallen hatten.

Ich weiß noch, wie mein Arabischlehrer eines Tages ganz fassungslos war, als ich die Trilogie von Nagib Machfus genau und detailliert interpretierte. Sobald ich ausgeredet hatte, rief er hocherfreut: »Also, mein Junge, ich bin sicher, du wirst eines Tages wie Nagib Machfus!« Von da an war ich berühmt an der Schule. Ich wurde eine Respektsperson für alle, besonders für die Söhne der Reichen, die jetzt ausgesucht freundlich zu mir waren, nachdem sie bisher jeden Umgang, jede Unterhaltung mit mir vermieden hatten.

Im Frühling desselben Jahres veranstaltete die Schule einen Literaturwettbewerb. Ich beteiligte mich mit meiner Erzählung »Die Unglücksreise«. Das Thema war aus dem wirklichen Leben gegriffen. Manche Leute aus meinem

Dorf waren gezwungen, im Sommer wegen der Dürre in Richtung Norden zu ziehen, um sich auf den Weizenfeldern der Großbauern zu verdingen. Die Geschichte handelte davon, wie eine solche Beduinenfamilie auf der Wanderschaft ihren einzigen Sohn verliert, weil er unterwegs von einer Schlange gebissen wird.

Die Erzählung gewann den ersten Preis, der aus vier Romanen bestand, die später eine wichtige Rolle für meine literarischen und geistigen Neigungen spielen sollten: »Vater Goriot« von Honoré de Balzac, »Germinal« von Emile Zola, »Die Mutter« von Maxim Gorki und »Früchte des Zorns« von John Steinbeck.

Alle vier Romane las ich in den Sommerferien. Die Welt wurde weit, so weit um mich herum, und wenn ich im Schatten des Olivenbaums »das Kamel« lag und die Grillen zirpten, konnte ich jetzt leicht in ferne Länder reisen und das Leben fremder Völker kennenlernen, von denen ich zuvor überhaupt nichts wußte. Ganz überrascht entdeckte ich beim Lesen, daß sich die Menschen eigentlich gar nicht so sehr voneinander unterscheiden, abgesehen von ihrer Nationalität, Sprache, Religion und Hautfarbe. Die Bewohner meines Dorfes lebten zum Beispiel unter ganz ähnlichen Umständen wie die Hungerflüchtlinge in dem Roman »Früchte des Zorns«. Und Abd al-Gawwads Sohn, der in der Trilogie von Nagib Machfus während der Revolution im Jahre 1919 von britischen Soldaten erschossen wird, hatte doch vieles mit dem jungen Revolutionär im Roman »Die Mutter« von Maxim Gorki gemeinsam.

Träge ging der staubige, heiße Sommertag zu Ende, und Fatima Bint Said, von der ich mir so oft einen einzigen Kuß erträumte, stieg langsam von der Quelle herauf. Sie sang:

»Es zogen die Deinen
Tief in die Wüste hinein
Wohin führen sie Dich
So schön und so rein ...«

Ich saß da, an den Stamm des Olivenbaums gelehnt. Der Roman »Vater Goriot« lag noch aufgeschlagen vor mir, soeben hatte ich ihn ausgelesen, schloß die Augen und durchlebte die Geschehnisse noch einmal bis zum einsamen Tod Vater Goriots. Ich wurde genauso traurig wie damals, als ich mich niederbeugte und einen letzten Abschiedskuß auf die Stirn meines Vaters drückte.

Mit achtzehn Jahren übersiedelte ich in die Hauptstadt, um meine Ausbildung fortzusetzen. Binnen weniger Wochen kannte ich mich in den alten Buchläden auf der Zarkoun-Straße wie ein Bücherwurm aus. Heute ist die enge, schmutzige Gasse am Rande der Altstadt nahe Bab al-Bahr, dem pulsierenden Herzstück der Neustadt, nur noch ein Suk für Schmuggelware, ein Tummelplatz für Dealer und Taschendiebe, Zuhälter von Huren aus den Armenvierteln und Spitzel der Verbrechensbekämpfung. Aber zu jener Zeit gab es dort zahllose Buchläden. Es waren meine schönsten Stunden, wenn ich nach einem Buch herumstöberte und meinen Lesedurst stillen konnte.

Es war Sonnabend mittag. Glücklich wie ein Vogel, der nach langer Haft endlich dem Käfig entflieht, verließ ich das Wohnheim. Ein Lied von Fairuz vor mich hin pfeifend, das ich bis jetzt noch liebe, marschierte ich in Richtung Altstadt:

»Oh Schöner, oh Stolzer
Willkommen, sehr willkommen ...«

Zwei Tage zuvor hatte mir mein Bruder Mustafa bei seinem Besuch in der Schule fünf Dinar in die Hand gedrückt. Der Schein steckte in der rechten Tasche meiner neuen schwarzen Hose. Behutsam fingerte ich danach, um ihn zu befühlen. Ab und an drückte ich fester zu, als fürchtete ich, er könne mir verloren gehen. Nie hatte ich mir bisher, nicht einmal im Traum, vorstellen können, jemals eine solch horrende Summe zu besitzen! Wenn Mustafa die fünfhundert Millim, die er mir jedes Wochenende übergab, manchmal ein klein wenig aufstockte, war ich außer mir vor Freude. Und auf einmal geschah das Unfaßbare, ich war reich, steinreich. Ich konnte mir in der Zarkoun-Straße Bücher kaufen, soviel ich nur wollte. Den ganzen Nachmittag wanderte ich von Buchladen zu Buchladen. Abends kehrte ich mit mehr als zwanzig Romanen ins Wohnheim zurück. »Der Fremde« von Albert Camus war darunter und »Lady Chatterley und ihr Liebhaber« von David Herbert Lawrence.

Tagelang konnte ich mich nicht entschließen, mit welchem Buch ich anfangen sollte. Schließlich fiel meine Wahl auf »Lady Chatterley und ihr Liebhaber«. Es war Dezember, es regnete in Strömen, und es war hundekalt. Im mollig warmen Lesesaal herrschte absolute Ruhe. Im Handumdrehen war ich mit dem ersten und zweiten Kapitel fertig, da schrillte die Glocke zur Schlafenszeit, wir mußten antreten und marschierten in den Schlafraum. Die Lichter gingen aus, aber ich blieb hellwach und hatte keine Lust zu schlafen, nur weiterlesen wollte ich. Die Neugier plagte mich, mein Körper war gespannt wie ein Bogen. Ich schlich mich in die Toilette und versuchte zu lesen, doch es war so kalt, daß ich wie ein Blatt im Winde zitterte. Deprimiert kroch ich wieder ins Bett. Das Buch stopfte ich unter das Kopfkissen. Dann fiel mir ein, daß mein verstorbener Vater mich oft ermahnt hatte, niemals etwas anderes als das Buch Gottes unter den Kopf zu legen. Ich bekam es mit der Angst zu tun und warf den Roman schnell in den metallenen Kleiderschrank.

Lange blieb ich schlaflos, denn im Wald wartete Lady Chatterley und winkte mir lächelnd zu. Langsam ging ich zu ihr, warf mich in ihre Arme und schlief ein.

Der Roman war überwältigend, ich konnte nicht aufhören zu lesen. Zur Hölle mit dem Unterricht in Religion, Arabisch, Zeichnen, in Naturwissenschaften und Geographie. Langweilig war alles, fade, albern und lästig.

Der Wald liegt still im violetten Abendnebel, als Lady Chatterley der kleinen Hütte zustrebt, wo sie der Förster schon erwartet. Kaum angekommen, wirft sie sich in die Arme des Geliebten und beginnt ihre Kleider abzulegen. Aber während sie noch damit beschäftigt war, griff unser dicker Religionslehrer mit dem Hängebauch, dem Rauschebart und seinem verquollenen Teiggesicht ein. Mit krächzender Stimme befahl er mir, den Kopf zu heben und aufzupassen. Ich versteckte den Roman zwischen den Beinen und täuschte Aufmerksamkeit vor.

Doch schon nach wenigen Minuten tauchte ich wieder ein in meine Welt. Von mir aus konnte der Religionslehrer die Bedeutung der Frau im Islam erklären, solange er wollte, denn jetzt ist Lady Chatterley splitternackt. Mit geschlossenen Augen, entflammt von Begierde, streichelt sie das Gemächt des Försters, das unter der Berührung ihrer aristokratischen Hand, zart wie Jasminblüten, gewaltig anschwillt.

Die Erregung sprang sofort auf mich über. Brennend heiß durchfuhr es mich zwischen den Schenkeln. Ich tastete nach meinem erigierten Penis und rieb ihn, immer weiterlesend, durch die Tasche meiner Pluderhose. Beinahe war ich auf dem Höhepunkt, da klingelte es! Der Religionsunterricht war zu Ende.

Wir hatten eine Viertelstunde Pause und mußten uns danach zur Geschichtsstunde einfinden. Mein Interesse an dem Roman ließ jetzt etwas nach. Nicht, daß der Unterricht besonders spannend und nützlich gewesen wäre, aber Madame Charpentier war eine Frau von unwiderstehlichem Charme und Reiz. Ihr Mann, bei dem wir Geographie hatten, war ein mürrischer Kauz, immer nervös und aufgebracht. Dafür war sie umso sanfter und nachsichtiger. Bei uns hieß sie nur Annie Girardot, weil sie wirklich so aussah wie die Schauspielerin. Madame Charpentier war ungefähr siebenundzwanzig Jahre alt. Sie hatte einen goldbraunen Teint, kurze schwarze Haare, Honigaugen und einen Schmollmund. An ihrem Hals war ein Leberfleck, und ihre Stimme klang wie die eines munteren Vögelchens. Wenn sie sich hinsetzte und die Beine übereinanderschlug, funkelten unsere Augen, und wir reckten die Hälse. Dann waren wir außerstande nachzuvollziehen, was sie uns da erzählte.

Sollte sie doch ruhig über die Napoleonischen Kriege und Feldzüge in Europa und im Orient weiterreden. Ich streifte indes durch meine Träume wie Sindbad über alle Meere. Madame Charpentier kommt in das kleine Haus, dort am Ufer von Karthago. Sie hat ihren mürrischen, kauzigen Gatten verlassen und eilt zu mir, kurz vor Sonnenuntergang, keuchend vor Angst und Sehnsucht. Ich umfange sie und ziehe sie langsam aus. Dabei küsse ich jedes Fleckchen an ihrem Körper, vor allem den Leberfleck am Hals. Ach, dieser Leberfleck. Nackt liegt sie in meinen Armen, ich werde sie verschlingen, wie ich über einen Teller *Kuskus* herfalle, wenn ich heißhungrig bin. Sie stöhnt und seufzt und ächzt unter mir, während ich in ihrem geheimnisvollen Brunnen versinke. In der Nähe rauscht das Meer, über das einst vor Jahrtausenden Elissa kam, Karthago zu gründen. Wir sind ganz allein in dem kleinen weißen Haus mit den blauen Türen und Fenstern. Nichts stört unsere Liebe, ringsumher ist alles still, bis die Glocke schrillt und ich wie eine leere Flasche über das Ufer meiner Träume rolle.

An der Tür hielt mich Madame Charpentier auf. »Du bist heute nicht wie sonst«, sagte sie, »mir scheint, du warst mit etwas anderem beschäftigt, stimmt's?« Ein wenig verwirrt stotterte ich: »Nein, gar nicht, Madame, ich habe Ihnen aufmerksam zugehört!« »Das wird wohl nicht ganz stimmen!« bemerkte Madame Charpentier lächelnd. Dann zog sie ihren olivgrünen Regenmantel an und ging davon. Mein Herz aber blieb bei ihr.

Ich hatte den Roman ausgelesen, doch der Brand, den er in mir entfacht hatte, tobte immer wilder und heftiger. Ich geriet völlig durcheinander, meine Gedanken waren konfus, meine Gesten fahrig. In der Nacht besuchten mich zahllose Frauen. Lady Chatterley und Nadschwa, die mir vor zwei Jahren in der Wohnung meines Bruders die Unschuld raubte, Fatima Bint Said und ganz fremde Frauen, die ich irgendwo auf den Straßen der Hauptstadt gesehen hatte. Alle waren sie nackt, und sie tändelten mit mir, bis mein Widerstand erlahmte und ich ein- oder zweimal onanierte. Dann schlief ich ein.

Am nächsten Tag beschloß ich genau das zu tun, was einige Mitschüler taten. Ich würde das »Abdallah Gesch« aufsuchen, das berüchtigste Bordell der Hauptstadt. Und schon hatte mich der rote Teufel geschnappt, vor dem sie mich von Kindesbeinen an gewarnt hatten.

Am Nacken schleifte er mich gewaltsam in das Reich der Sünde. Ich versuchte, mich zu befreien, er aber schrie mich an: »Vorwärts, du blöder Beduine, vorwärts, du brauchst dich nicht zu fürchten, jetzt stehst du unter meinem Schutz, und niemand kann dir etwas anhaben, vorwärts marsch! Wie lange willst du dich noch vom Keuschheitsgürtel einschnüren lassen, und wie kannst du ein richtiger Schriftsteller werden, wenn du partout in diesem stinkenden Sumpf bei Memmen, Feiglingen, Einfaltspinseln und Heuchlern wie deinem Religionslehrer herumhocken willst? Vergiß alle Predigten, Ermahnungen und Belehrungen, mit denen sie dein Gehirn vollgestopft haben, seit du auf die Welt gekommen bist. Wenn du genauso wahrheitsgetreu wie Machfus, Husain, Balzac, Zola und Lawrence über die Menschenwelt schreiben willst, dann mußt du auch alle Hindernisse überwinden und dich auf die ganz großen Abenteuer einlassen, einen anderen Weg gibt es nicht, vorwärts, komme, was da wolle!«

Der Teufel verführte mich. Ich ergab mich und sagte mir: Morgen gehe ich hin, morgen muß ich hingehen, denn lange genug war ich geduldig. Jetzt kommt die Stunde des Aufbegehrens und der Rebellion!

Am darauffolgenden Tag schlenderte ich erst ein bißchen durch die Buchläden der Zarkoun-Straße, dann trottete ich zögernd in Richtung »Abdallah Gesch«, das gleich in der Nähe lag. Mit angehaltenem Atem ging ich weiter, und plötzlich stand die hohe Gestalt meines verstorbenen Vaters in seinem weißen Burnus vor mir. Nachdem er mich eingehend gemustert hatte, sagte er tief betrübt: »Ich hätte niemals geglaubt, daß der Tag kommen könnte, an dem du mich und dich selbst so verleugnen würdest, mein Junge!« Diese Worte trafen mich hart. Zerknirscht und betroffen machte ich kehrt. Den ganzen Tag wand ich mich in Reue und Schmerz. Nachts jedoch schlüpften die nackten Frauen wieder zu mir ins Bett, und der Teufel höhnte: »Du bist doch ein Feigling, nie wird aus dir ein echter Schriftsteller!«

Von neuem flüchtete ich vor meinen Sorgen zu den Büchern. Ich nahm mir den Roman »Der Fremde« von Albert Camus vor und las ihn an einem Tag. Ich war durch und durch erschüttert, mehr als bei allen Büchern zuvor. Eine ganze Welt brach für mich zusammen. Ideen und Überzeugungen, die ich für unverrückbar wie die Berge um mein Dorf gehalten hatte, zerfielen in nichts. Alles um mich herum war dunkel, schwankend, ohne Bestand, voller Zweifel. Der Himmel war kein Himmel mehr, die Erde keine Erde. Und ich war nicht mehr der Junge von einst.

Kino, Fieber, erste Lust

für Samuel, den Freund und Dichter,
den Filmer ohne Kamera!

Sobald ich in jene fernen Tage, die Tage meiner Kindheit, zurückschaue, empfinde ich eine Freude und ein Glück ohnegleichen, ja, ich habe das Gefühl, daß ich aller Trübsal entronnen bin und unter der strahlenden Sonne in grünen Ebenen mit den Vögeln und Pferden herumtollen kann.

Regen, Sturm und Dunkelheit machen mir das Herz schwer, und ich lasse die Vorhänge zu, um meine Erinnerung wachzurufen. Sie wendet sich gen Süden, ruhig, ganz ruhig, wie Kraniche, die ich als Kind bei Herbstbeginn mit ihren traurigen, eintönigen Rufen über unser Dorf hinfliegen sah. Wenn unsere Väter sie erblickten, freuten sie sich, denn die Regenzeit stand bevor.

Tage, eingehüllt in den Staub des Kairouaner Landes, wo ich meine Kindheit verbrachte. Magere Esel, auf deren blutigen Rücken die Fliegen schwelgen. Wassergräben, die wie weiße Striche den nackten, harten Boden durchfurchen. Dunkle Olivenhaine im frühen Herbst. Trockene *Wadis*, in deren Höhlen giftige Schlangen hausen. Beduinenkarawanen, die schwerfällig und gemächlich vorüberziehen, gefolgt von durstig hechelnden Hunden.

Ich sehe die ausgezehrten Kühe, die ich frühmorgens in der Kälte auf die Weiden trieb, während mir der Stock meines Vaters nachpfiff, um mir einzubleuen, daß ich den ganzen Tag hellwach und munter zu bleiben hatte. Mondnächte, in denen wir im Kreise sitzend den alten Legenden von Ras al-Ghul, Ali Ibn as-Sultan und al-Dschazija al-Hilalija lauschten. Junge Mädchen mit *kuhl*geschwärzten Augen und hochroten Wangen, die auf den Hochzeiten Lieder sangen und die Männer entflammten. Akrobaten, die Feuer in die staubige Luft bliesen. Trauerzüge, in denen wir weinend mitliefen. Ich sehe den einäugigen Koranlehrer, der uns die Verse des Koran mit Hilfe eines Stockes einbleute, der stets über unseren Köpfen schwebte, die sich im Rhythmus der Wunderworte nach rechts und links wiegten. Sandstürme, die uns roten Staub in Mund und Nase trieben. Kühle Regengüsse, unter denen wir vor Glück und Freude sangen. Meine Mutter, die in der glühenden Augusthitze Weizen mahlte. Große Brokken Zuckerzeug, die mein Vater mitbrachte, wenn er vom *Suk* in al-Ala heimkam.

Meine Erinnerung gleicht einer Zauberlinse. Ich lasse mich von ihr führen, während sie immer weiterwandert und all jene Gesichter, Tage und Szenen, auf denen der Staub der Zeiten liegt, wieder in Bilder voller Leben verwandelt.

Im Alter zwischen sieben und zwölf bekam ich jedes Jahr ein, zwei Mal ein seltsames Fieber. Ich hatte entsetzliche Visionen, die mir den Verstand raubten, bis ich mir, laut schreiend und jammernd, mit den Fingernägeln die Haut zerkratzte und die Kleider zerriß. Da waren Kerle, die mir die Kehle aufschlitzen wollten, Männer mit struppigen Bärten, die splitternackt mit Messern herumfuchtelten. Bestialische, behaarte Wesen, die ihre Zähne wie die Eber bleckten. Abscheuliche, schwarze Schlangen, die sich zischelnd ineinander ringelten. Bösartige, aschgraue Hunde, die sich mit klaffenden Mäulern auf mich stürzten.

Einmal erblickte ich einen Kopf, der von der Decke herab baumelte, und schrie: »Der Kopf des *Bey*, der Kopf des Bey!« Damals war ich ungefähr acht Jahre alt und wußte weder etwas von einem Bey, noch hatte ich jemals zuvor seinen Namen ausgesprochen. Als das Fieber zurückging und ich die Leute um mich herum wieder erkannte, sah ich, daß sie mich mit furchtsamen Augen anstarrten. Erst als ich größer wurde, verstand ich, warum. Denn mein Aufschrei: »Der Kopf des Bey, der Kopf des Bey!« fiel genau in die Zeit, als al-Amin Bey verjagt und eine demokratische Ordnung unter Führung von Habib Bourguiba errichtet wurde.

Später ist so manches geschehen, was unser schweres Leben etwas leichter machte und auch uns Kindern das Gefühl gab, daß hinter den hohen Bergen, die unser Dorf von allen Seiten einschlossen, seltsame Dinge vor sich gingen. Eines Tages kamen fremde Männer, deren Gesichter vor Gesundheit und Wohlergehen nur so strotzten, hängten mitten im Dorf eine Proklamation auf und verteilten Fotos. Später erfuhren wir, daß sie die neuen Landesherren waren. Nachdem die Männer wieder fort waren, diskutierten die Erwachsenen über etwas, das »Unabhängigkeit« hieß. Als wir eines kalten Wintermorgens aufwachten, waren sie schon eifrig am Bauen. Auf unsere Fragen verkündeten sie voller Stolz und Genugtuung, daß sie eine moderne Schule für uns errichteten. Wir besuchten unseren Koranlehrer und trafen ihn trübsinnig wie einen Raben an. Auch wir sagten nichts. Als wir ihn verließen, brach er in Tränen aus. Da spürten wir, daß eine Zeit zu Ende ging, wie eine Totenbahre in der Erde verschwindet.

Ende 1958 kam das erste Radio in unser Dorf. Es gehörte Ali Saleh, meinem Onkel väterlicherseits, der in der französischen Armee bei Verdun gekämpft hatte. Abends gingen die meisten Männer in sein Haus, um die Nacht vor der »tollen Maschine« zu verbringen. Uns Kindern war sie streng verboten. Ein paarmal schlichen wir auf Zehenspitzen näher, wir wollten unbedingt hören, was die »tolle Maschine« von sich gab. Aber die dicken Hausmauern ließen keinen Ton nach außen dringen, und so mußten wir niedergeschlagen und enttäuscht wieder heimwärts trotten, nachdem wir stundenlang umsonst ausgeharrt hatten. Zuhause begann ich bitterlich zu weinen. Als meine Mutter nach dem Grund fragte, schluchzte ich: »Ich will, daß uns Vater auch so ein Radio kauft!« Mein Vater hockte im Schneidersitz an der Türschwelle und flickte seine türkische Pluderhose. Als er meinen Wunsch hörte, schimpfte er nicht wie sonst, sondern erklärte mir freundlich lächelnd: »Paß mal auf, mein Sohn, es wird nicht lange dauern, dann gibt es in allen Häusern so viele von diesen Maschinen, daß die Leute sie satt haben!«

Ungefähr ein Jahr später erfüllte sich seine Prophezeiung. Der Lärm der »tollen Maschine« tönte aus den meisten Hütten. Als dann mein Bruder Ismail, der an der Zaituna-Universität studierte, ein gewaltiges Radio mitbrachte, schlachteten wir zwei fette Hähne und luden einige Honoratioren ein. Von da an saßen wir nicht mehr zusammen, um den alten Geschichten zu lauschen. Jetzt hörten wir Nachrichten und Lieder aus dem Programm »Eine Karawane zieht« mit Beduinen- und Wüstengesängen aus allen Landesteilen oder die kuriosen Geschichten von Abd al-Aziz al-Arwi, satirische Kommentare über die sozialen und moralischen Zustände und die Hörspiele am Dienstag- und Samstagabend.

Im Herbst öffnete die Schule ihre Pforten, aber ich wurde nicht zugelassen. Laut heulend rannte ich nach Hause. Mein Vater war gerade verreist. Die Mutter sorgte sich sehr. Lange grübelte sie über die Sache nach, dann suchte sie eine schöne rote Henne aus, faßte mich bei der Hand und ging mit mir zum Lehrer. »Nehmen Sie, das ist für Sie. Jedoch nur unter der Bedingung, daß Sie meinen Jungen in die Schule lassen!« Der Lehrer lachte, bis er rot anlief. Schließlich sagte er: »Gute Frau, dazu braucht es doch keine Henne. Das Problem besteht darin, daß Ihr Sohn das gesetzliche Alter überschritten hat, ich darf ihn nicht aufnehmen.« Meine Mutter verstand das genausowenig wie ich. Niedergeschlagen und enttäuscht gingen wir heim. Ich schlief wie auf Dornen. Am Morgen tröstete sie mich: »Nur keine Angst, mein Junge, dein Vater regelt die Sache in einer Minute!«

Nun hielt ich auf der Straße Ausschau und wartete. Zwei Tage vergingen, dann erschien die hochgewachsene Gestalt meines Vaters mit seinem breiten Gesicht und der klobigen Nase. »Sie haben ihn nicht in die Schule gelassen!« rief meine Mutter, noch bevor er von seinem Maulesel abgestiegen war. »Wieso nicht?!« schrie mein Vater zornig. »Ich weiß auch nicht, ich habe nicht verstanden, was der Lehrer gesagt hat!« erwiderte meine Mutter.

Noch verstaubt von der Reise, schleppte mich mein Vater zum Lehrer. Wir trafen ihn auf dem Platz. »Jetzt hören Sie mal, wenn Sie meinen Jungen nicht in die Schule lassen, reiße ich sie nieder, über Ihrem Kopf und den Köpfen derer, die Sie hierher geschickt haben!« brüllte mein Vater und fuchtelte mit dem Stock. Der Lehrer wurde blaß, seine Hände zitterten. »Bitte, mein Herr, ich habe Ihrer Gattin doch den Grund erklärt«, wandte er ein. »Außerdem liegt das nicht in meiner Hand.«

Aber mein Vater schimpfte und drohte weiter und wies alle Erklärungsversuche des Lehrers zurück. Bevor wir weggingen, rief er noch: »Wenn Sie meinen Sohn nicht sofort zulassen, lege ich die Schule in Schutt und Asche!«

Zwei Tage später wurde ich eingeschult. Allerdings nicht wegen der Drohungen meines Vater, sondern weil das Bildungsministerium gerade zu dieser Zeit, Anfang der sechziger Jahre, eine Verordnung erließ, wonach Kindern auf dem Lande, die nicht älter als zehn Jahre alt waren, der Schulbesuch erlaubt war.

Am zweiten Schultag forderte mich der Lehrer auf, das Alphabet mit roter Kreide an die Wandtafel zu schreiben. Geschwind und in Schönschrift erfüllte ich die Aufgabe. Der Lehrer war überrascht.

»Hast du etwa schon schreiben gelernt?« fragte er mich. »Jawohl«, antwortete ich. »Wo denn?« »Beim Koranlehrer.« »Kannst du den Koran auswendig?« »Über die Hälfte habe ich auswendig gelernt.« »Dann sagte doch mal die Sure Ja Sin auf!« Ich schloß die Augen halb und rezitierte, indem ich den Kopf, wie ich es gelernt hatte, bald nach rechts, bald nach links neigte. Als ich fertig war, sah ich, daß dem Lehrer vor Staunen der Mund offen stand. »Du bist hier fehl am Platze!« sagte er.

Am selben Abend bat er meinen Vater zu sich, um mit ihm über mich zu reden. »Sie sollten Ihren Sohn in die Schule nach al-Ala schicken!« sagte der Lehrer. »Warum denn?« fragte mein Vater. »Weil er weiter ist als seine Mitschüler. Bestimmt wird er gleich in die dritte Klasse eingestuft, damit er nicht noch mehr Zeit verliert!«

Mein Vater ließ sich überzeugen. Schon nach einem halben Monat kam ich in die dritte Klasse nach al-Ala, das siebzehn Kilometer von unserem Dorf entfernt liegt, und wohnte bei meinen Onkeln mütterlicherseits.

Zu jener Zeit war al-Ala nichts weiter als eine Ansammlung elender, häßlicher Holzhütten, umgeben von wilden Kakteenhecken. Etwas abseits stand ein hohes Gebäude, das Haus von Muhsin Ibn ad-Dahabi, des reichsten Mannes im ganzen Distrikt. Obwohl es in al-Ala, genau wie in unserem Dorf, weder elektrischen Strom noch irgendwelche modernen Einrichtungen gab, stellte es für uns doch einen ersten Stützpunkt der »Zivilisation« dar.

Meine Verwandten hatten mich gewarnt, daß al-Ala geradezu ein »Königreich« für Diebe und lasterhaftes Gesindel sei, und so betrat ich es beklommen, ja angstvoll. Vom ersten Tag an, als ich die finsteren Mienen um mich herum sah und die zotigen Ausdrücke hörte, mit denen die Schüler ohne Scham oder Furcht vor irgend jemandem um sich warfen, schien mir, daß ich die Ratschläge meiner Verwandten lieber beherzigen sollte.

Es wurde ein schwieriges Schuljahr. Meine Onkel waren hart zu mir. Sie demütigten und vernachlässigten mich, so daß ich verdreckte und Läuse bekam. Jedes Wochenende legte ich die lange Strecke nach Hause zu Fuß zurück, nur mit einem Stock bewaffnet, um mich vor den bösartigen Beduinenhunden zu schützen. Meine Mutter weinte bitterlich, wenn sie mich in diesem Zustand sah. Dennoch befahl sie mir, dem Vater ja nichts davon zu sagen, damit er nicht zornig würde und an ihren Brüdern Rache nähme. Aber trotz der Schwierigkeiten und Drangsale, die ich in den neun Schulmonaten zu erdulden hatte, konnte ich mich behaupten und in allen Prüfungen den ersten Platz erringen.

Als das zweite Schuljahr heranrückte, bockte ich wie ein störrischer Esel. »Ich will nicht mehr bei den Onkeln wohnen, und wenn ich mit der Schule aufhören muß!« rief ich. Meine Mutter überlegte lange. Dann beschloß sie, mich bei ihrer Schwester Mahbuba unterzubringen. »Sie ist ärmer als deine Onkel«, meinte sie, »aber ich weiß genau, daß sie gütiger und liebevoller ist als diese samt ihren Ehefrauen!«

Genauso war es dann auch. In diesem ersten Jahr bei meiner rechtschaffenen, ordentlichen Tante, die der Welt heiter und gelassen begegnete, fand ich meine Ruhe wieder und verlebte glückliche Tage. Damals entdeckte ich die Wunderwelt des Kinos.

Eines Tages spielte ich um die Mittagszeit im Sand mit meinem Freund Jusuf, der neben meiner Tante wohnte, als die Stille gestört wurde. Wir rannten auf den Hügel, von dem man die Straße zwischen al-Ala und Haffouz sehen konnte, und bemerkten einen kleinen grünen Bus, der langsam nach al-Ala gefahren kam. Ein Lautsprecher verkündete: »Heute veranstalten wir für Sie in al-Ala einen Kinoabend. Kommen Sie alle, und erleben Sie Omar Scharif und Faten Hamama.« Nach jeder Durchsage erklang die Stimme des Sängers Abd al-Muttalib: »Ich liebe dich, und liebe dich für immer.«

Die Neuigkeit drang in die stillen Häuser, und bald ging im Dorf alles drunter und drüber. Wir schlangen unser Essen im Stehen hinunter, und sobald die Sonne sank, bewaffnete sich jeder von uns vorsorglich mit einem Knüppel gegen üble Ganovensöhne. Zusammen mit anderen Kindern und den Männern des Dorfes gingen wir durch den versandeten Kanal mit den Kakteenhecken zur Vorführung.

Es war dunkel. Der Platz gegenüber von »Muhsins Serail«, so nannten wir das Haus Muhsin Ibn ad-Dahabis, wimmelte von Männern und Kindern. Wir verhielten uns still und warteten.

Die Vorführung fand auf der langen Hauswand statt. Am Anfang wurde ein Dokumentarfilm über die Tätigkeiten Präsident Habib Bourguibas gezeigt. Lange klatschten wir begeistert Beifall, als wir miterleben durften, wie er einige Projekte des jungen Staates einweihte, wie er seine Gäste empfing und mit seinen Ministern redete. Darauf folgte ein kurzer Streifen über ein Pferderennen, das im Süden des Landes veranstaltet wurde. Als die Pferde auf uns zugerast kamen, stoben die Leute entsetzt auseinander, weil sie glaubten, sie würden aus der Wand herauspreschen. Danach dachten wir, es wäre Schluß. Aber dieselbe imposante Stimme, die wir schon mittags gehört hatten, dröhnte wieder los und sagte an, daß nun der Film »Kampf im Wadi« mit Omar Scharif und Faten Hamama in den Hauptrollen vorgeführt würde.

Ich erinnere mich nicht mehr an die Einzelheiten. Ich weiß nur noch, daß es eine dramatische Liebesgeschichte zwischen Omar Scharif und Faten Hamama war und daß Bösewichter diese schöne Liebe kaputt machen wollten. Sehr gut erinnere ich mich aber an Faten Hamamas aufregende Lippen, ihre Seufzer und die Tränen, die über ihre Wangen strömten, ihre furchtsamen schwarzen Augen und ihre Schüchternheit, als Omar Scharif sie umarmte. Ich vergaß alles um mich herum und wurde einer von denen an der Wand. Ich fürchtete mich, wenn sie sich fürchteten, ich zitterte, wenn sie zitterten, ich lachte, wenn sie lachten. Ringsum war alles still. Kein Laut, keine Bewegung, nichts außer den laufenden Bildern, als ob das ganze armselige, staubige, triefäugige al-Ala in eine wundervolle Liebesaffäre verstrickt wäre.

Nach dem Film »Kampf im Wadi« spürte ich, daß mein Leben wieder eine Wende genommen hatte. Worin die Veränderung bestand, konnte ich nicht sagen. Aber ich war vollkommen sicher, daß eine neue Zeit für mich angebrochen war, ganz anders als alles, was ich bis dahin erlebt hatte. Das Radio interessierte mich kaum noch. Lieber vertiefte ich mich in die Geschichten von al-Manfaluti, Kamil al-Kailani und Andersen. Jeden Abend hielt ich auf der Straße zwischen Haffouz und al-Ala Ausschau und hoffte, jene mächtige Stimme wieder zu hören, wenn sie eine neue Filmvorführung ankündigte.

Jusuf und ein paar andere Kinder staunten nicht schlecht, als ich, wir spielten wie immer auf dem Heimweg von der Schule im Sand, auf einmal einen Schauspieler aus dem Film »Kampf im Wadi« nachahmte. Weil ich die Rolle so gut beherrschte, drängten sie mich beinahe jeden Tag, sie zu wiederholen. Jenes seltsame Fieber aber, das mich jahrelang gepeinigt hatte, war nach dem Film für immer verschwunden. Anstelle der abscheulichen Schreckensvisionen beschwor ich nun in meiner Phantasie Bilder von Faten Hamama und Omar Scharif, wie sie in einem Garten, fern den Augen der Bösewichter, vertraulich miteinander flüsterten.

Wir mußten nicht lange warten. Wieder ertönte die laute Stimme, und wir sausten wie der Sturmwind nach al-Ala. Diesmal wurde »Hauptbahnhof« in der Regie von Jusuf Chahine gezeigt. Die Hauptrolle spielte Hind Rustum, und Jusuf Chahine trat als sexuell Gestörter auf.

Ach, Hind, wie sie weinte, Hind, wie sie den Rock über das Knie hob, nur ein wenig, ein klein wenig nur, Hind, wie sie aufstöhnte, Hind, mit ihrem Lachen wie pures Gold. Hind, oh du schöne, teure Hind, komm und wärme mich in meinem kalten Bett, komm, ich führe dich in ein Wadi unter Oleanderbäumen, komm doch, daß ich dich küsse, einmal, nur ein einziges Mal, und dann mach mit mir, was du willst. Komm zu mir, Geliebte meiner Seele, daß sich deine Tränen mit den meinen vermischen, komm, ich reiche dir den duftenden Apfel, der die geraubte Seele und die verlorene Jugend zurückbringt.

Die Bilder auf der Wand vergingen, aber sie verblaßten nicht, als der Film zu Ende war. Sie ruhten fest im Herzen und im Gedächtnis, die Träume zu speisen, im Schlafen und im Wachen.

Als Faradsch, Onkel Jusufs Sohn, nach Hause zurückkehrte, er hatte in Kairouan die Schule besucht und sein Zeugnis bekommen, umringten und bedrängten wir ihn, daß er uns die Filme erzählte, die er dort gesehen hatte. Er zündete sich erst einmal eine Zigarette an, während wir gespannt und ungeduldig mit funkelnden Augen die Hälse reckten. Richtig Herzklopfen bekamen wir beim Warten. Faradsch nahm noch einen tiefen Zug, dann legte er altklug los, und für uns verwandelte sich die Welt in eine Wand mit fließenden Bildern.

Er beschrieb uns einen Film, in dem Abd al-Halim Hafes die Hauptrolle spielte. »Da singt Abd al-Halim, und die jungen Mädchen umschwärmen ihn dutzendweise. Er schlendert hinunter ans Meer und steigt ins Wasser, dabei singt er immer weiter, und die jungen Mädchen rennen ihm nach. Wie er nun im Wasser singt und singt, da stürzen sich alle Mädchen auf einmal hinein.«

Natürlich kam ich später dahinter, daß dieser Film, wie andere auch, nicht so war, wie Faradsch ihn erzählt hatte. Trotzdem träumte ich noch lange davon, ein prominenter Sänger zu sein.

»Zwölf Uhr mittags« mit Gary Cooper war mein erster Western. Ein kleines amerikanisches Nest wird von Räubern und Mördern besetzt, und der »Ehrenmann«, Gary Cooper, bittet die Einwohner, ihm beizustehen, aber sie lehnen ab und verbarrikadieren sich in ihren Häusern. Obwohl nun der »Ehrenmann« der gefährlichen Bande ganz allein gegenübertritt, kann er den Kampf für sich entscheiden. Nur eine kleine Verwundung trägt er davon.

Mit atemloser Spannung verfolgte ich den Film, und mein Herz war ganz bei Gary Cooper. Als die letzten Mitglieder der Gangsterbande im Kugelhagel zusammenbrachen, brannte ich förmlich vor Glück und Freude.

Nach diesem Film liebte ich Western über alles, und als ich nach Tunis zog, um die Oberschule zu besuchen, war ich geradezu westernsüchtig. Ich wurde krank, wenn ich nicht jede Woche einen oder zwei sehen konnte.

Zu der Zeit waren Western sehr beliebt. Von einigen Stars waren die Tunesier so begeistert und hingerissen, daß sie ihnen einheimische Namen gaben. Lee Van Cleef mit der furchterregenden Glatze und dem mächtigen Schnauzbart nannten sie »Ali Ben Khlifa«, und aus Giuliano Gemma wurde »Dschilani Ben Dschumaa«.

Der großartigste und beste Western, den ich damals zu sehen bekam, hieß »Spiel mir das Lied vom Tod«. Mehr als zehnmal habe ich ihn gesehen, ohne mich zu langweilen. Der Anfang ist einmalig, er ist das Wundervollste, was man überhaupt auf einer Leinwand sehen kann. Sieben knallharte Kerle warten an der Bahnstation auf die Ankunft von Charles Bronson. Hitze. Einöde. Und dann diese Fliege, die dem einen dauernd um den Mund summt. Genauso, als wäre man in al-Ala, als wäre dieser Schwarze mit den Wulstlippen und dem rasierten Schädel, der die Fliege mit seinen entzündeten Augen verfolgt, einer von jenen Taschendieben, die ich in al-Ala beobachtet habe, während sie, an die Wand gelehnt, eine Gelegenheit abpaßten, um einen arglosen Beduinen auszunehmen.

Die meisten Western spielen auf trockenem, harten Boden, in Gestrüpp und Wildnis, ganz ähnlich der Gegend, in der ich meine Kindheit verlebte, in elenden, staubigen Dörfern, die genau wie al-Ala aussehen. Vielleicht hatte ich deshalb immer das Gefühl, daß diese Filme etwas mit meiner bitteren Wirklichkeit zu tun haben. Sogar ihre Helden, besonders Charles Bronson, Clint Eastwood und Lee Van Cleef, erinnern mich an die Helden unserer Volkslegenden, an Diab al-Hilali, um nur einen zu nennen, oder an einige berüchtigte Räuber aus unserer Gegend, von denen ich Geschichten gehört hatte, daß mir die Haare zu Berge standen.

Vielleicht sympathisierten wir nur deshalb mit den Westernhelden, weil wir uns durch sie an denen, die uns erniedrigten und unterdrückten, gerächt fühlten.

Wenn so ein Film zu Ende war, verkroch ich mich am liebsten in einem Winkel und träumte, ich wäre ein Cowboy mit breitem Hut, hartem Gesicht und derben Stiefeln, der unter sengender Sonne durch das Dickicht streift und seine Feinde mit Kugeln durchlöchert.

Im fünften Oberschuljahr hatten wir einen jungen französischen Lehrer für Sprache und Literatur. Er war schlank, rauchte unentwegt und behandelte uns, als wären wir seine Freunde. Es gab keine Schranken zwischen uns. Wenn wir am Wochenende durch die Straßen der Hauptstadt zogen, lud er uns zu Kaffee oder Orangensaft ein. Sogar Zigaretten bot er uns an. Meine Beziehung zu ihm wurde noch enger, als er herausfand, daß ich ein großer Verehrer von Camus, Rimbaud, Baudelaire, Flaubert, Dostojewski und Tschechow war. Er nahm sich meiner an, begann mich zu fördern und mit Büchern zu versorgen.

Da dieser Lehrer eine Menge vom Kino verstand, hielt er einige Schulstunden frei, um uns über die wichtigsten Filme, die gerade in der Hauptstadt liefen, zu berichten. Von ihm angesteckt, liebte ich nun auch die Filme von Fellini, Pasolini, Bergmann, Carné, Godard, Buñuel, Eisenstein, Huston und vielen anderen. Von da an wurde das Kino für mich so etwas wie ein großer Bildungsstrom. Als ich zu schreiben begann, ich war gerade achtzehn geworden, hatte das Kino genausoviel Einfluß auf mich wie die Schriftsteller, deren Werke ich damals verschlang.

Licht, Dunkelheit, Dunkelheit, Licht. Es ist dieses ganz spezielle Spiel der Filmkunst, auf das sich, wie ich glaube, keine andere Kunst so perfekt und geschickt versteht. Sachte gleitet der bodenlange Vorhang auseinander. Das Licht verlöscht. Regungslos sitzen die Zuschauer. Sobald der Film beginnt, hänge ich gebannt an den Bildern, wie am Körper einer begehrenswerten Frau, und vergesse mich selbst. Dann wird der Saal wieder hell, und mir ist, als wäre ich von einer Reise zurückgekehrt.

In Tunis sah ich immer wieder Filme, die in Ländern spielten, wo es unaufhörlich schneite und regnete. Wenn ich danach auf die Straße trat, schlug das grelle afrikanische Licht wie ein Schwert auf meinen Kopf. Da hatte ich nur den einen Wunsch, wieder umzukehren, um noch einmal für ein paar Stunden in Regen und Schnee zu leben.

Ich sah aber auch andere Filme, über den Alltag der Großbürger und Aristokraten, die ihr Leben an azurblauen Stränden genossen. Die Bilder bezauberten mich, und ich vergaß, daß ich bloß der Sohn eines Beduinen war, an dem sich die Läuse sattgefressen hatten. Auf einmal war ich ein Aristokrat, der mit einer Prinzessin schwungvoll und elegant tanzte. Dann war der Film aus, und ich verließ den Saal und stolperte in den Straßen herum, einen Schritt vorwärts, zwei Schritte zurück. Nichts als gemeine, abstoßende Szenen erblickte ich vor mir, Bettler, Schuhputzer, finstere Mienen. Am liebsten wäre ich wieder in den dunklen Saal geflüchtet, zurück in meine Phantasiewelt.

Der tunesische Film »Der Vogel auf dem Dach« von Farid Bughdir, den ich Jahre später im Exil noch einmal sah, beschwört eine wundervolle Zeit herauf, das Leben in der Altstadt von Tunis gleich nach der Unabhängigkeit. Da waren sie wieder, jene Lieder, die wir bis zur Ekstase geliebt haben und die heute vom Getöse neumodischer Schlager übertönt werden, und auch jener Lebensstil, der von der »Zivilisation« vollkommen ausgelöscht worden ist. Der Film ist von nostalgischer Liebe zu einer Vergangenheit erfüllt, von der wir geglaubt hatten, sie bedeute nur Elend und Rückständigkeit. Jetzt erscheint sie mir einfach und gut wie das Brot der Mutter.

Nach und nach lebt in meiner Erinnerung auch jener ferne Sommer wieder auf, in dem ich zum ersten Mal die Liebe erlebte. Im Sommer fünfundsechzig hatte ich den ersten Preis in den Abschlußprüfungen gewonnen, und mein Bruder Mustafa lud mich in die Hauptstadt Tunis ein. Im Morgengrauen stieg ich in einen alten Bus voller Beduinen, die spuckten, sich schneuzten und laut unterhielten. Während der Reise schilderte mir Salem, ein Verwandter und Altwarenhändler, die Wunderdinge der Hauptstadt: verdorbene Weiber, Diebe, die am hellichten Tag die Leute beklauten und Autos knackten, lärmende Nächte, die nicht zur Ruhe kamen. Als der Bus in die Hauptstadt einfuhr, hatte ich Herzklopfen, meine Kehle war ausgedörrt. Mir war zumute, als beträte ich die Hölle.

Mustafa wohnte in einer kleinen Wohnung in der Ghana-Straße, nur ein paar Hundert Meter von »Bab al-Bahr« entfernt, wo sich die größten Cafés, Restaurants, Hotels und Filmtheater befanden. Abends kamen seine Freunde und setzten sich vor der Haustür zusammen. Später begannen sie Bier zu trinken und über Frauen zu reden. Ich verdrückte mich und starrte auf die Wohnungstür gegenüber. Vielleicht würde ich dieses blonde Mädchen noch einmal sehen, das mir gleich am Tag meiner Ankunft in der Hauptstadt zugelächelt hatte.

Jeden Tag kam Bajja, eine dürre Frau über Fünfzig, um uns das Essen zu bringen und die Wohnung zu putzen. Sie war Kettenraucherin und hatte immer Durst auf Bier. Ab und zu begleitete sie die braune Nadschwa, die ihre Augen stets mit Kuhl geschminkt hatte.

Manchmal sang sie ägyptische Lieder von der Liebe und vom Nil, und ihre Stimme berauschte mich, trug mich weit fort, bis ich alles auf der Welt vergaß. Wenn meine Hand die ihre streifte, brannte sie förmlich, und ich spürte ein Feuer, das mich von Kopf bis Fuß verzehrte. Einmal faßte sie nach mir, als ich durch den engen Korridor ins Schlafzimmer ging. Lange sah sie mich an, dann flüsterte sie: »Wie hübsch deine Augen sind!«

Eines Tages erklärte mein Bruder Mustafa, er käme erst sehr spät nach Hause. Nadschwa trällerte ein Lied von Schadia. »Sagt der Sonne, sie möge nicht aufstehn, der Herzliebste darf noch nicht fortgehn.« Eine Zigarette zwischen den dürren Fingern, bereitete Bajja *Kuskus* mit Fisch zu. Vor ihr stand eine Flasche Bier. Ich las »Die

Elenden« von Victor Hugo, wobei ich ab und zu verstohlen zu Nadschwa hinübersah.

Bajja rief nach mir und schickte mich zum einarmigen »Onkel« al-Dschilani, um ihr eine Schachtel Zigaretten und Bier zu besorgen. Als ich zurückkam, sagte sie: »Bring das Bier und die Zigaretten zu Nadschwa, sie ist im Schlafzimmer.« Mit angehaltenem Atem öffnete ich die Tür. Auf dem Bett lag Nadschwa, splitternackt. Erschrokken wich ich zurück. Aber sie sagte leise: »Komm, hab keine Angst, ich bin doch keine *Ghula,* ich freß dich schon nicht.« An Leib und Seele zitternd, ging ich zu ihr, reichte ihr das Bier und die Zigaretten. Sie stellte beides auf den kleinen Tisch neben dem Bett. Dann warf sie sich auf mich, und im nächsten Augenblick hielt ich ihren heißen braunen Körper umfangen. »Komm, komm, mein Kleiner«, flüsterte sie mir zu, und keuchend warf ich mich über sie. Ihr Stöhnen und Seufzen steigerten meine Lust und Begierde, bis ich Sterne, Monde und Flüsse aus Milch und klarem Honig sah. Dann versank ich in einem heißen feuchten Brunnen.

Der Tag schaut noch immer düster drein. Ich werde die Vorhänge zulassen, um noch ein paar Stunden im gleißenden afrikanischen Licht zu leben und Erinnerungen zu wecken, an die Tage des Fiebers, des Kinos und der ersten Lust.

Truman Capote

Seltsam, wohin uns unsere Leidenschaften führen, wohin sie uns geißelnd treiben und welch unerwünschte Träume sie uns aufzwingen, welch böses Geschick.
Truman Capote

Ich fand es nicht weiter verwunderlich, daß ich nach beinahe fünf Jahren Abwesenheit plötzlich am Eingang meiner Geburtsstadt stand. Ich begriff nicht, wie ich so schnell und problemlos hierher gekommen war, ließ mich jedoch keineswegs davon beeindrucken, denn schließlich vollbringen die modernen Transportmittel heute wahre Wunder. Da trinkt man zum Beispiel seinen Morgenkaffee in einem verschneiten Land bei fünf Grad unter Null und verspeist wenige Stunden später, leicht bekleidet, einen exzellenten Grillfisch auf der Terrasse eines Strandrestaurants. Das ist vollkommen normal, und kein Mensch würde sich deswegen aufregen, kein Wort würde man darüber verlieren.

Andererseits war ich außerstande, mich irgendeines Verkehrsmittels zu entsinnen, mit dem ich gereist wäre. Nur eines wußte ich sicher, die einzige Reiseverbindung zwischen meinem und dem Land, in dem ich seit zehn Jahren im selbstgewählten Exil lebe, führte durch die Luft. Demnach mußte ich in ein Flugzeug eingestiegen sein. Wie aber hatte ich die Reiseformalitäten erledigt? Auch diese Frage ließ mich kalt, bin ich doch fest davon überzeugt, daß ich seit meinem vierzigsten Lebensjahr an Gedächtnisschwund leide. Da finde ich es ganz normal, daß mir entfallen ist, was ich gestern gegessen habe oder wer mir vor zwei Abenden auf der Party begegnet ist. Und wie oft vergesse ich die Anweisungen und Ratschläge, die mir Doris vor dem Einschlafen oder frühmorgens in militärischem Befehlston einzutrichtern versucht! Doris ist die einzige Frau, die sich bereit gefunden hat, das kalte Bett der Fremde mit mir zu teilen. Daß ich ihre Anweisungen immer wieder vergesse, führt fast jedesmal zur Katastrophe, und das letztemal drohte sie mir mit Trennung. Sie ist dann tatsächlich gegangen und hat mich in diesem engen Zimmer, wo es nichts außer Bücherstapeln und orientalischen Gewürzdüften gibt, allein gelassen. Als sie zurückkehrte, sang ich aus voller Kehle einige dieser Beduinenlieder, die ich seit meiner Kindheit auswendig kann und die ich zum Glück bis zu dieser Stunde nicht vergessen habe.

Jedenfalls scheint mir, daß Emigranten für diese Form krankhafter Vergeßlichkeit anfälliger als andere Menschen sind. Ein Freund, der auch in der Fremde lebt, hat mir gestanden, daß er an einem dunklen, kalten Morgen im Bahnhof von Hannover erwacht sei. Stundenlang mußte er sein Gehirn zermartern, bis er endlich herausfand, daß er den ganzen Tag zuvor in Kneipen zugebracht hatte. In der Nacht war er mit einem blonden Mädchen, das ihm etwas von Australien und von Truman Capote vorschwärmte, in einen Zug gestiegen. Offenbar ist er dann im Abteil sofort eingeschlafen und kam am Morgen in Hannover zu sich, in der Tasche nichts weiter als fünf Mark und eine halbleere Schachtel Zigaretten.

Nun stand ich vor meiner Heimatstadt. Es war Frühling, warm strahlte die Sonne vom wolkenlosen Himmel, und der Wind trug den Duft von Jasmin und Mandelblüten herüber. Tiefe Stille breitete sich wie sanfte Auen und Gärten vor mir aus, gleich einer Frau, die zur Liebe bereit ist.

Das Telegramm in meiner Tasche fiel mir ein. Ich zog es, zerknüllt und fleckig wie es war, hervor, öffnete es und las: »Großmutter im Sterben. Sofort kommen!«

Jetzt ist die Sache klar, sagte ich mir, denn ich befand mich nur ein kleines Stück von ihrem Haus entfernt. Höchstens zwanzig Minuten würde ich brauchen. Aber an einem solchen Frühlingstag, wie ich ihn nur ganz selten im kalten Exilland genießen konnte, fiel es mir schwer, gleich loszugehen, um dort doch nur dem grausigen Tod zu begegnen. Beerdigungen haßte ich ohnehin, und die Vorstellung, meine Verwandten nach dieser langen Trennung mit schmerzverzerrten Mienen und tränenverquollenen Augen auf der Erde hocken zu sehen, war mir zuwider. Sie würden in lautes Jammern ausbrechen, denn sie lieben das wie nichts auf der Welt. Manchmal glaube ich sogar, daß der Tod für sie nur eine wunderbare Gelegenheit zum Weinen und Wehklagen ist.

Außerdem muß ich gestehen, daß ich meine Großmutter gar nicht besonders mochte. Vielleicht wäre es ja möglich, mich vor ihrem Begräbnis zu drücken?

In meiner Kindheit hatte mich die Großmutter oft grundlos derb geschlagen. Richtig in Wut kam sie, wenn ich seltsame Worte vor mich hin faselte, eine Mischung aus Koran, Beduinengesängen und saftigen Zoten, die sich die jungen Mädchen an der Quelle zuwarfen, wobei sie ihre *Milajas* bis über das Knie hochrafften. Dann holte meine Großmutter einen dicken Stock und verfolgte mich keuchend. Nach Luft schnappend, keifte sie: »Die Zunge schneide ich dir ab, verdammter Bengel, wenn du weiterhin solches Zeug schwafelst!«

Sie beklagte sich bei meinem Vater: »Bring deinem Jungen Anstand bei, sonst wird einer dieser verrückten Dichterlinge aus ihm, die auf ihren jämmerlichen Eseln durch die Wüste ziehen!«

Ich betrat die Märkte, wie ein glückseliges Geschöpf in herrliche Traumsphären taucht, und im selben Augenblick erlebte ich eine Metamorphose. In rauschhafter Liebe verfiel ich all den Dingen, die früher Ekel und Widerwillen in mir hervorgerufen hatten. Im dicken gelben Staub, in würgendem Gedränge und inmitten orientalischer Gerüche fühlte ich mich wie von den Wellen eines Flusses getragen, der ruhig durch grüne, nach Frühling duftende Ebenen dahinströmt.

Ein paarmal blieb ich stehen, um den Fliegen zuzusehen, die über den gestapelten Süßigkeiten summten. Wie entzückten mich die leuchtenden Gewänder der Bauern, die grün tätowierten Gesichter der Beduinenfrauen, die abgeblätterten, zerfallenen Mauern und all die Dinge, die einer unwiederbringlichen Vergangenheit anzugehören schienen.

Blinde Bettler, in schmutziggraue *Burnusse* gehüllt, die dürren, geäderten Hände wie nackte Zweige ins Leere gereckt, rezitierten vor der Großen Moschee mit traurigen Stimmen fromme Gesänge und Gebete. Wie wundervoll das alles ist, dachte ich, verspürte aber gleichzeitig eine starke Abneigung gegen die düsteren, aschgrauen Farben. In meinem Exil bekomme ich ja nie andere zu sehen, und ich halte es sogar für möglich, daß sie der eigentliche Grund für diese jahrelange Lethargie sind, die mich alt gemacht hat, die mich lähmte und wie einen einsamen Sproß im kalten, endlosen Winter erstarren ließ.

In der Nähe von Bab al-Dschalladin wartete bereits die nächste Überraschung. In einer Entfernung von ungefähr dreißig Schritt erblickte ich, in weißem Sommeranzug und mit einem weißen Hut auf dem Kopf, Truman Capote! Ruhig und gelassen ging er, ohne Aufmerksamkeit zu erregen, als wäre er ein Bürger dieser Stadt.

Ich erinnerte mich, ich hatte die Todesnachricht auf der ersten Seite von »Le Monde« gelesen. Am selben Abend hatte ich meinen Exilfreund getroffen, der damals gleich auf Truman Capote zu sprechen gekommen war. Als er aber begann, alle Einzelheiten seines Endes mit entsetzlicher Präzision zu beschreiben, brachte ich ihn mit einer Handbewegung zum Schweigen. »Ich hasse den Tod!« rief ich. »Verschone mich mit Details!«

Truman Capote kam näher. Jetzt trennten mich nur noch wenige Schritte von ihm. Ich betrachtete ihn genau. Das ist er! Ja, genau wie auf dem Foto von Cecil Beaton, das ich an die Wand heftete, nachdem ich »Musik für Chamäleons« gelesen hatte. Während ich noch mit dieser Erinnerung beschäftigt war, blieb Capote plötzlich stehen und starrte mich feindselig mit hartem Blick an. Darauf machte er kehrt und eilte mit hektischen Schritten, wie auf der Flucht vor etwas Bösem, den Markt hinauf, in Richtung Bab Tunis.

Ich muß ihn einholen, ihm alles erklären. Er rannte aber so schnell, daß ich die Hoffnung verlor, ihn je zu erreichen. Dennoch stürzte ich blindlings weiter durch Gedränge, Staub, Karrenverkehr, Lärm und Gestank, keuchend und schweißgebadet, die Augen starr auf Truman Capotes Rücken geheftet. Bevor er Bab Tunis erreichte, bog er links ab und betrat das Bordell. Jetzt wird er mir nicht entkommen. Das Bordell hat ja nur eine einzige Tür, also kann er mir nicht entwischen.

Zwei gedrungene Polizisten mit massigen Köpfen und Schnauzbärten verstellten mir den Eingang. »Wohin?« bellten sie, ihre nagelneuen Schlagstöcke gegen mich gerichtet. »In den Puff«, sagte ich. »Welchen Puff?« brüllten sie. Ihre Augen blitzten vor Entrüstung. »Ist das etwa kein Bordell?« fragte ich, mit dem Zeigefinger zur Tür weisend. »Nein, kein Bordell!« schrien sie. »Was soll es dann sein?« fragte ich ruhig. »Ein Friedhof ist das!« »Ein Friedhof?« »Jawohl, ein Friedhof. Genug jetzt mit der Fragerei, verschwinde!«

Ich hatte Angst, konnte jedoch noch einwenden: »Aber mein Freund ist eben da reingegangen, und ich muß in einer äußerst dringenden Angelegenheit mit ihm reden.« »Ein Freund?« »Ja, ein Freund«, erwiderte ich und fügte hinzu: »Der Fremde mit dem weißen Anzug und dem weißen Hut!«

Sie wechselten Blicke, dann brüllten sie mich an: »Du redest irre, Mann, das ist kein Ausländer, das ist der Friedhofswächter!« »Der Friedhofswächter?« »Schluß mit der Fragerei, sonst ...«, sie stießen mich so heftig zurück, daß ich beinahe stürzte. Inzwischen hatten sich viele Menschen versammelt und beobachteten uns neugierig. Sie sahen mich feindselig an.

Ich taumelte ein wenig und wischte mir den Schweiß von Stirn und Nacken. Dann rückte ich meinen Hemdkragen zurecht und starrte die beiden Polizisten trotzig an. »Hau ab, sofort, oder wir brechen dir mit den Stöcken den Hals!« »Los doch, beweg dich, du Schuft, sonst geht's dir dreckig!« schrien die Umstehenden.

Seltsam, dachte ich, anscheinend halten Volk und Polizei in dieser Stadt zusammen. Ich verdrückte mich, und nachdem ich mich vergewissert hatte, daß mir niemand folgte, verkroch ich mich in einer dunklen Ecke der alten Stadtmauer und beobachtete das Bordell. Der Lärm des Suks drang dumpf zu mir.

Als meine Geduld fast erschöpft war, trat Truman Capote aus der Tür des Bordells, am Arm eine beduinische Prostituierte mit *kuhl*geschwärzten Augen und wulstigen Lippen. Laut lachend, wiegte sie sich in den Hüften wie eine Bauchtänzerin. Hin und wieder redete sie ein paar englische Brocken. »You are a bad man«, kicherte sie, ihm zuzwinkernd, und er küßte begehrlich ihren Hals.

Sie gingen den Markt hinunter, ohne daß ihnen jemand Beachtung schenkte, als wären sie unsichtbar. Wie war das nur möglich in einer Stadt, die als die vierte heilige gilt, nach Mekka, Medina und Jerusalem.

Bei Bab al-Dschalladin traten mir die Polizisten erneut in den Weg. »Wohin?« schrien sie. Ich schwieg. »Es scheint, du bist ein sturer Kerl. Du mußt eben erzogen werden!« Sie packten mich mit ihren groben Pranken am Nacken und zerrten mich hinaus vor die Stadt, wo es nichts gab als Wüste, Dornen und Trugbilder.

»Los, hau ab!« brüllten sie und versetzten mir einen Stoß. Ich rappelte mich hoch. Mit dem Handrücken wischte ich einen Blutfaden ab, der aus meinem Mund rann. Dann klopfte ich mir den Staub von den Kleidern und stierte die Polizisten wie ein Schwachsinniger an.

»Offenbar verstehst du nicht. In dieser Stadt bist du eine absolut unerwünschte Person! Das müssen wir dir wohl erst einprügeln!« Sie zogen ihre Stöcke und gingen auf mich los.

Ich rannte und rannte, bis ich bemerkte, daß ich durch eine Straße in der Stadt meines Exils lief. Schnee fiel, es dunkelte, und ich war allein. Ich rang nach Atem. Ich hastete durch die Nacht, um mein schützendes Zimmer zu erreichen. Dort angekommen, ging ich sofort ins Bett und schlief traumlos.

Um acht Uhr klingelte es. Ich öffnete, und der Postbote reichte mir ein Telegramm. Ich las: »Großmutter verstorben. Sofort kommen.« Langsam faltete ich das Telegramm zusammen und steckte es in die Pyjamatasche.

Die Dichter

Aus allen Teilen der arabischen Welt waren die Dichter geladen. Einäugige Mauretanier mit staunend geöffneten Mündern, Ägypter, die krakeelten und lärmten wie auf den alten Kairoer Basaren, Syrer mit platten Hinterköpfen und boshaften Blicken, elegante, verbindliche Libanesen, selbstbewußte Palästinenser, unruhige, nervöse Tunesier, stille Marokkaner, Algerier, immer auf der Hut, als gelte es, einen neuen Krieg in den Aureasbergen zu führen, arrogante Libyer, die mit dem Grünen Buch herumwedelten, reizbare, skeptische Iraker mit dicken Schnauzbärten, magere, abgespannte Jemeniten, Golfaraber mit schlaffen Leibern und trägen Bewegungen, als stünden sie unter Drogen. Manche ließen sich weder hier noch da einordnen, sie waren nur Statisten, die quer durch die staubige Halle des tristen Flughafens Schlange standen.

Die Hitze war drückend. In tödlicher Monotonie brummten die Fliegen. Es stank nach fauligem Abwasser. Polizisten in düsteren, aschgrauen Uniformen starrten mißtrauisch in die Gesichter, die Finger am Abzug. Offenbar war die Sicherheit gefährdet.

Der alte Golfaraber, der vor mir stand, wandte sich um, er schien verärgert. Vielleicht war das Seine Exzellenz Scheich Abdallah al-Ghandusi, dieser saudische Kritiker, der einmal die Hinrichtung von Adonis und allen gottlosen Dichtern gefordert hatte, damit in irdischen und religiösen Dingen endlich wieder Ordnung einzöge.

»Sind Sie nicht Seine Exzellenz Scheich Abdallah al-Ghandusi?« fragte ich ihn. »O nein, keineswegs«, erwiderte er, ohne sich umzudrehen. »Woher kommen Euer Exzellenz, wenn die Frage gestattet ist?« »Aus Tizi Ouzou.« »Aber das liegt doch in Algerien, und Sie sind vom Golf, das sieht man doch.« »Offenbar haben Sie keine Ahnung von arabischer Geographie«, erwiderte er spöttisch. »Verzeihung«, sagte ich und verstummte.

Als sich das Warten hinzog, begannen meine Beine zu schmerzen. Ich bedauerte, die Einladung angenommen zu haben. Ich hatte zwar ein paar Gedichte geschrieben und einiges veröffentlicht, aber zu keiner Zeit war ich überzeugt, ein großer Dichter zu sein. Vielmehr glaube ich, daß ich alles nur zum Vergnügen geschrieben habe und um meine Muttersprache in der Fremde nicht zu vergessen.

Der Hauptgrund mochte vielleicht meine unstillbare Sehnsucht nach dem Orient und seiner heißen Sonne gewesen sein. Allzu viele Jahre hatte ich diese Sonne in Ländern, deren Himmel keine Heiterkeit kennt, entbehren müssen. Als ich nun die anderen Geladenen aufmerksamer betrachtete, ahnte ich, daß sie alle wie ich waren. Sie erschienen mir wie Bettler, die auf Almosen warteten.

Genau in diesem Augenblick trat ein Polizist auf mich zu und gab mir ein Zeichen, daß ich ihm folgen solle. Wir gingen durch lange, nach verbranntem Gummi riechende Korridore und betraten einen verdunkelten, vollkommen leeren Raum.

»Die Hände nach oben!« bellte der Polizist. Ich gehorchte. Nachdem er meine Taschen durchwühlt und mich abgetastet hatte, sagte er: »Warten Sie hier!«

Er verschwand für ein paar Minuten. Als er zurückkam, befahl er mir, ihm zu folgen. Er führte mich in ein prächtiges Zimmer mit einem imposanten Schreibtisch.

Dahinter thronte ein fetter Offizier, der eine Zigarre rauchte. Nachdem er eine Weile in einem Dossier herumgeblättert hatte, sprach er, ohne mich anzusehen: »Hören Sie zu, Sie sind unser Gast, aber lassen Sie sich gesagt sein, wir wissen genau, was in Ihrem Kopf vorgeht.« »Ja aber ...« wollte ich erwidern. »Wir wissen genau, was Ihnen durch den Kopf geht!« unterbrach mich der Offizier. »Sehen Sie sich also vor.«

Bevor ich den Mund wieder aufmachen konnte, befahl mir der Soldat, in die Warteschlange zurückzukehren.

Als wir in der Halle ankamen, drängelten sich die Dichter bereits vor den Ausgängen. Über Lautsprecher hatten sie Anweisung erhalten, auf bereitstehende Lastwagen zu steigen.

In Militärtransporter gepfercht, fuhren wir durch öde, menschenleere Wüste. Die ganze Strecke sahen wir auf beiden Seiten nichts als die überdimensionalen Portraits des Landesführers: Er streichelt die Kinder, er rezitiert die *Fatiha* für die Märtyrer, er lächelt in die blühende Zukunft der Nation, trinkt Tee mit Bauern, hält Reden vor seiner Soldateska oder vor Studentinnen und Studenten und betet kniend, bewacht von waffenstarrendem Militär.

Auf der strapaziösen Fahrt bekam ich großen Durst und Hunger, so daß ich fast in Ohnmacht fiel. Seine Exzellenz Scheich Abdallah al-Ghandusi mußte sich übergeben und murmelte fromme Sprüche und Gebete. Ein junger Mauretanier ohne Bart brach in lautes Singen aus, Viehtreibersongs aus der Wüste Senegals, und ein Dichter mit Bart, nach *Wahhabiten*art gestutzt, musterte mich lange, bevor er mir zuraunte, wir müßten gut aufpassen, denn unter uns gäbe es israelische Spione.

Im Hof einer großen Kaserne am Fuße eines kahlen Hügels hielten wir an. Nichts als gewaltige schwarze Felsbrocken waren zu sehen. Derselbe fette Offizier, der mich im Flughafen verwarnt hatte, begrüßte uns weitschweifig. Er übermittelte die besten Grüße des Führers der Nation und seine Hochachtung für unseren Kampf um das freie, ehrenvolle Wort. Anschließend eröffnete er uns, es sei erforderlich, daß wir Armeeuniformen anzögen, denn nur so seien wir vor Mißverständnissen und Gefahr geschützt.

Bereitwillig führten wir die Befehle aus und nahmen in langen Reihen im weiträumigen Kasernenhof Aufstellung. Soldaten spielten einen Marsch. Danach trat ein mickriger, mit Orden und Spangen dekorierter General auf. Die Kaserne dröhnte von Hochrufen und Applaus. Beinahe hätte ich laut gelacht, als Seine Exzellenz Scheich Abdallah al-Ghandusi in Uniform herumzappelte.

Der General, der sich als Kulturminister entpuppte, erklärte uns nun in einer langatmigen Ansprache, daß der Kampf für alle Pflicht sei, um die Grundfesten und heiligen Werte der Nation zu wahren. Der Krieg gegen die Feinde würde sich noch lange hinziehen, und er müsse mit äußerster Härte geführt werden. Als er jedoch von den Heldentaten des großen Führers sprach, von seiner Unbeugsamkeit und Tapferkeit in all dem Unglück, das die Nation heimgesucht habe, da tobten alle los. Nur ich litt mehr und mehr, weil die Stimme des Generals im Laufe seiner Rede immer schärfer und schneidender wurde, bis mich die Worte wie Peitschenhiebe trafen.

Zum Schluß wünschte uns der General Standhaftigkeit, Erfolg und Gelingen unserer Mission und einen angenehmen Aufenthalt im Lande des einzigartigen Führers, des Bezwingers der Feinde und Förderers der Künstler und Dichter. Kaum war die Rede beendet, als Seine Exzellenz Scheich Abdallah al-Ghandusi in Ohnmacht fiel. Soldaten transportierten ihn mit unbekanntem Ziel ab.

Wir aber bekamen Befehl, wieder auf die Lastwagen zu steigen. Wieder legten wir eine lange, ermüdende Strecke durch die Wüste zurück. Es ging abwärts, bis zum Fuß eines hoch aufragenden, kahlen Berges.

Erneut stellten wir uns in geraden Linien auf. Der fette Offizier kletterte auf eine Tribüne und verkündete, daß die Aktivitäten des Festivals beginnen könnten. Wir alle sollten nun diesen Berg erklimmen und oben auf dem Gipfel unsere Gedichte vortragen, auf daß sie die gesamte Nation vernehmen und genießen könne. Unverzüglich machten sich die Dichter, einander enthusiastisch anfeuernd, an den Aufstieg. Nur ich und einige andere rutschten immer wieder ab und rollten an den Fuß des Berges zurück.

Wir versuchten es, bis unsere Füße geschwollen und unsere Hände von Felsen und Dornen zerschunden waren. Schließlich sahen wir ein, daß uns der Aufstieg auf diesen Berg, der von den lauten Freudenrufen der Dichter widerhallte, niemals gelingen würde. Keuchend vor Erschöpfung ließen wir uns auf die Erde fallen. Sofort tauchten Soldaten auf. Schreiend und schimpfend schlugen sie mit Gewehrkolben auf uns ein, und auch der Offizier kam richtig in Wut. Verräter seien wir, Feiglinge und Spione, brüllte er, wir würden schon noch für unsere Vergehen zu büßen haben!

Bei Anbruch der Nacht schleiften uns die Soldaten auf den Lastwagen. Sie spuckten uns an, schlugen mit Gewehrkolben zu und traten uns mit ihren schweren Stiefeln. Den ganzen Rückweg stöhnten und jammerten wir. Als wir in der Kaserne eintrafen, stießen sie uns in eine Zelle und gingen fort.

Wir hörten die Schlüssel, die sich klirrend in den Eisenschlössern drehten.

Der richtige Ort

In einer Höhle in einem Berg nahe
der biblischen Stadt Zoar verfault Lot,
der große Exilant, in unmenschlicher Ewigkeit.
Victor Paskov

Gemächlich war der Zug von Koblenz abgefahren. Der Rhein hinter dem Coupéfenster lag wie aufgedunsen im Morgennebel. Seine schemenhaften Konturen erinnerten an einen gewaltigen Elefanten, der in weiter Entfernung verendete. Der Anblick faszinierte ihn, wie Grabstätten einen Menschen faszinieren können, der des Lebens überdrüssig ist. All die angestauten Gefühle in seiner gehetzten, verirrten Seele wurden wieder aufgerührt. Er verspürte keine Lust mehr, diese Reise fortzusetzen, die wahrscheinlich noch bis Mittag dauern würde. So stieg er aus.

Er tappte durch den Nebel. Der wolkenschwere, feuchte Himmel hing niedrig wie ein Dach, das jeden Moment einstürzen konnte. Der kleine Ort wirkte verlassen. Nur ein paar dunkle Gestalten bewegten sich schwerfällig durch den Dunst. Unten am Flußufer glichen sie Raben, die knapp über dem Boden schwebten. Wie in meinen Alpträumen, dachte er.

Er fand eine kleine Kneipe, öffnete die Tür, und der muffige Geruch von Kleidungsstücken, die lange im Schrank gelegen hatten, schlug ihm entgegen. Hinter der Theke hockte der Wirt wie eine Maus, die aus ihrem Kellerloch äugt, und wühlte in dem vor ihm liegenden Zeitungsstapel. Rechts, in der dunkelsten Ecke, saßen zwei Männer mittleren Alters in Arbeitskleidung. Sie rauchten und unterhielten sich gedämpft, mit den Köpfen zuckend wie Hähne, die zu einem erbitterten Kampf ansetzen.

Er bestellte einen Espresso. Langsam schlürfend, lauschte er dem Geraschel der Zeitungen zwischen den Fingern des Wirts. Eigentlich wollte er noch einen Cognak und einen zweiten Espresso bestellen, aber seine Unrast drängte ihn hinaus. Gebeugt wie jemand, der völlig kapituliert und nun seinem Ende entgegengeht, trottete er wieder zum Fluß hinunter.

Anscheinend stolpere ich immer nur von einer Finsternis in die andere, dachte er, und der Tunnel hört niemals auf. Dennoch hatte er nicht erwartet, daß sein kleiner Ausflug nach Köln so enttäuschend enden würde. Ein paar Freunde hatte er treffen wollen, die wie er in der Fremde lebten. Jahrelang hatten sie damals zusammen ihre Feste bis in den Morgen gefeiert und sich auf den Trottoirs in kalten Städten herumgetrieben. Nein, nie hätte er sich ein solches Ende vorstellen können!

Er hatte keinen Moment gezögert, als er die Einladung erhielt. Er glaubte fest, daß ihn diese kleine Reise von drückender Einsamkeit befreien und an Leib und Seele erfrischen und ermutigen würde. Ja, das hatte er geglaubt, als er in der kalten blauen Morgendämmerung den Zug nach Köln bestieg, und glücklich war er gewesen, wie ein Kind, das in den Zirkus mitgenommen wurde. Diese Reise würde ihm wieder Gelegenheit geben, in seiner Sprache zu reden, die, das spürte er, bereits immer weiter von ihm abrückte. Manchmal hatte er sogar die schmerzliche Vermutung, er könnte sie eines Tages verlieren und vergessen, wie er auch andere schöne Dinge in seinem

Leben vergessen hatte. Richtig bewußt war ihm diese Gefahr geworden, als er einmal auf der Straße bemerkte, daß er mit sich selbst redete und einige Passanten verächtlich zu ihm hersahen. Da hatte er das sichere Gefühl, es sei nicht mehr lange hin, ja eigentlich schon fast soweit, daß er verrückt würde. Wahrscheinlich war er deshalb seitdem peinlich darauf bedacht, alle Texte und Briefe, die er abschickte oder erhielt, laut zu lesen.

Er verkehrte in elenden Kneipen, wo es nach billigem Bier roch, und suchte nach Landsleuten. Irgendwann traf er wirklich einen, aber der faselte in seinem Suff nur dummes Zeug und starrte seine Umgebung und die Leute an, als hätte er Gedächtnisschwund. Sorgenschwer, ja verzweifelt war er damals in sein Zimmer zurückgekehrt. Und wieder begann er, Briefe und Texte laut zu lesen.

Einmal brach er dabei in Tränen aus und weinte so lange, bis seine Augen verquollen und die Tränen versiegt waren. Die Nacht lastete auf ihm, und in seinem unruhigen Schlaf quälten ihn Alpträume mit tollwütigen Kötern, die ihn wie wilde Steppenhunde verfolgten. Schon als Kind hatte er sich vor ihnen gefürchtet, wenn er barfuß, mit einem kräftigen Stock bewaffnet, weit über Land gehen mußte.

Den letzten Brief von daheim hatte ihm der Sohn seiner Schwester geschrieben, der noch ein Kind war, als er damals wegging. Die Mutter ließ ihm ausrichten, daß sie sich vor lauter Weinen um ihn schon gar nicht mehr an seine Gesichtszüge erinnere. Als er den Brief gelesen hatte, schrieb er in sein kleines Notizheft: »Meine Mutter sagt, daß sie sich nicht mehr an meine Gesichtszüge erinnern kann. Mir geht es ebenso. Alles ist vergänglich, verwischt, blättert ab, zerfällt, erlischt, stirbt. Alles ist Illusion, Fata Morgana, Staub, ein weißes Schweigen, so, wie

Wassergräben in der Sommerglut. Wenn ich in die Vergangenheit zurückschaue, sehe ich verschwommen das Gesicht meiner Mutter und die Gesichter meiner Verwandten und aller, die ich einmal gekannt habe, ähnlich, wie ich als kleiner Junge mein Gesicht in den Regenpfützen sah. Jetzt liegt nichts mehr hinter mir und nichts mehr vor mir, und manchmal erwache ich mit einem Gefühl, wie es wohl jemand haben muß, der allmählich in einem verlassenen Brunnen verfault. Ein anderes Mal stehe ich vor dem Spiegel und erkenne mich nicht. Was mir da entgegentritt, das ist die Fratze eines altersschwachen Tieres, dem das Fell ausgeht, das in kalten Ställen verkommt. Es ist ein Gesicht, auf dem sich der Staub einer Zeit ablagert, die wie ein defekter Wagen in der leeren Wüste steckengeblieben ist. Dann frage ich mich: Ist denn wirklich alles aus? Diese Frage läßt mich Tag und Nacht nicht mehr los.«

Während der ganzen sechsstündigen Fahrt nach Köln freute er sich auf den Moment des Wiedersehens. Immer wieder stellte er sich vor, wie er seine drei Freunde umarmen und lange an sich drücken, wie er schallend mit ihnen lachen und Witze und Anekdoten erzählen würde, genauso wie früher. Vor Lachen würden sie sich, nach Luft schnappend und die Bäuche haltend, auf dem Boden wälzen! Vielleicht verschluckte sich dann der eine oder andere an seinem Bier, wenn er Geschichten von ihrem gemeinsamen Freund Salem erzählte, dem irakischen Jungen, der so schlecht sehen konnte. Monatelang war Salem damals zu Fuß in Paris unterwegs, weil er sich nicht traute, allein mit der Metro zu fahren. Sobald er es aber beherrschte, begannen seine Strapazen mit den Frauen. Der Ärmste hetzte von Bar zu Bar, von Nachtclub zu Nachtclub, von Park zu Park, immer auf der Suche nach einer, die ihm, wie er sich ausdrückte, seinen dürstenden Leib erquicke.

Oh ja, tolle Geschichten wollte er ihnen erzählen. Gemeinsam würden sie dann wieder durch die Bars ziehen, Weiber anmachen und am Ende der Nacht wie die Halbstarken grölen, bestimmt würden sie das tun, ganz bestimmt. Vielleicht würde er ihnen vorlesen, was er soeben geschrieben hatte, oder von dem Buch erzählen, das er las, und von Bruce Chatwin, den er vor kurzem für sich entdeckt hatte. Aber nein, das wäre nicht gut. Gespräche über Kultur, Bücher und Ideen führen in Exilantenkreisen meist zu Problemen, Sorgen und Ungemach, manchmal sogar zu blutigem Streit, sie machen einem das Herz schwer vor Ärger, Haß und Rachegelüsten. Nein, man mußte das unbedingt vermeiden, damit es in den fünf Tagen friedlich zuging. Ach, wie herrlich, in der Fremde nach so langer Trennung und harter Einsamkeit die Freunde wiederzusehen. Wie schön ist der Rhein, wenn er unter dem Himmel wie ein silberner Läufer in der strahlenden Sonne liegt!

Er wußte noch genau, in welchem Moment seine Freude, die ihn die ganze Fahrt über begleitet hatte, erlosch. Bei der Ankunft in Köln hatte er seinen Freund Khaled noch glücklich umarmt. Dann waren sie in eine dieser schummrigen Bahnhofbars gegangen, wo man im Stehen trank. Er bestellte ein Bier und musterte die Gäste, die stumm und bedrückt vor sich hin tranken, die Augen in einem permanenten Wartezustand auf die Tür gerichtet. Bevor er sein Glas halb geleert hatte, war ein kleiner alter Mann um die Siebzig hereingekommen. Er trug einen aschgrauen Hut, auch sein Mantel war grau. Er war durchnäßt vom Regen und so betrunken, daß er sich nur mühsam fortbewegen konnte. Ab und zu streckte er die Hände aus, als müsse er sich in pechschwarzer Finsternis den Weg ertasten. Er bestellte einen Wodka und vertiefte sich eine Weile in den Anblick der Kellnerin, einer molligen Fünfzigjährigen mit gewaltigem Busen. Dann sagte er mit müder Stimme zu ihr: »Erinnerst du dich noch an mich, Claudia?«

Die Kellnerin warf ihm einen koketten Blick zu, flüchtig nur, doch voller Wärme und Zärtlichkeit, ein Blick wie eine Berührung. Sie trat zu ihm und sagte mit einem Lächeln, das sie jedem Gast schenkte: »Aber natürlich, wie könnte man einen wie dich vergessen!« »Wirklich?« »Ganz genau erinnere ich mich an dich!« beteuerte die Kellnerin.

Der Alte reckte den Kopf zu ihr, wie eine Schildkröte, die ein langes Leben hinter sich hat. »Und weißt du auch noch, wie ich verrückt nach dir war«, flüsterte er, »und nachts nicht schlafen konnte?«

Die Kellnerin brach in Lachen aus. Nachdem sie einem Asiaten am anderen Ende der Bar ein Bier serviert hatte, sagte sie, ohne den Alten anzusehen: »Daran erinnere ich mich nun nicht.« »Aber ja, meine liebe Claudia, das mußte ich dir einmal gestehen, ich konnte einfach nicht anders!« seufzte der alte Mann und kippte den Wodka hinunter.

Das Gesicht der Kellnerin verdunkelte sich in einem Anflug von Traurigkeit. Fast schien es, als stiegen ihr Tränen in die Augen. Sie trat zu dem alten Mann und legte ihre Hand auf die seine, wie eine Mutter, die ihren traurigen Jungen tröstet. Ihre Stimme zitterte ein wenig, als sie freundlich sagte: »Du hast es einmal sagen müssen, aber ich glaube, jetzt ist es zu spät, nicht wahr?« Ruhig zog sie ihre Hand zurück und nahm die Bestellungen der Gäste entgegen, die eben hereingekommen waren.

Der Alte senkte den Kopf, der Hut bedeckte fast sein Gesicht. Nach langem Schweigen murmelte er vor sich hin: »Sie hat schon recht, Friedrich, es ist zu spät, und es hat keinen Zweck, überhaupt keinen Zweck!« Er legte einige Markstücke auf die Theke und ging hinaus, seinen Weg ertastend, ohne sich noch einmal umzudrehen.

Und im selben Augenblick wußte auch er, der grüne Zweig ist abgebrochen. Wieder nistete finstere Verzweiflung wie eine Fledermaus in seinem Herzen. Mit Mühe leerte er sein Glas Bier. »Recht hast du, Friedrich«, flüsterte er. »Es ist zu spät, es hat keinen Zweck, überhaupt keinen Zweck!«

Khaled trug eine russische Schapka auf dem Kopf. Sein Bart war noch dichter geworden, und seine kleinen Augen verrieten Schlaflosigkeit und Erschöpfung. Auf seinen Lippen lag der Schatten eines greisenhaften Lächelns.

»Die beiden anderen kommen erst morgen«, sagte Khaled schließlich, »Asad aus Berlin um drei und Kader aus Paris um halb vier. Wir können ja morgen hier in der Bar auf sie warten, was hältst du davon?« »Fein«, sagte er schwach. Wie ein Gefangener folgte er Khaled in dessen Wohnung. Sie setzten sich in das vordere Zimmer, wo Bücher, Zeitschriften und Blätter in einem orientalischen Chaos ohnegleichen herumlagen.

»Schau mal«, sagte Khaled, »ich habe mir einen Computer gekauft!«

Er wollte ihm erklären, daß er das elektronische Zeug hasse und diese Jumbo-Jets, Abhörgeräte und Satelliten, daß ihm sein Dorf immer noch lieber wäre, mitsamt Staub, Oliven, Kakteen und Eseln mit blutigen Rücken und mit at-Tajjeb Ibn al-Kamil, dem wunderbaren Märchenerzähler, und den Beduinenfrauen mit ihren plumpen, barfüßigen Beinen. Doch er hielt sich zurück, fürchtete, sich nur auf nutzlose Diskussionen einzulassen und starrte durch das breite Fenster hinaus in den Regen.

Wie mit schwarzem Samt ist damals auch der holländische Himmel ausstaffiert gewesen. Regen, Regen während der Suche nach ihr, nach ihrem Duft, nach irgend etwas, das ihn zu ihr führen konnte.

Ach, dieses Mädchen aus Holland, das er so liebte, ganz am Anfang, als seine Irrfahrt begann, als er mit dem Zug durch Europa fuhr, im Gepäck seine Lieblingsbücher, im Kopf die vielen Gedanken, Hoffnungen und Träume. Jetzt waren sie alle verbrannt, Asche in den Grüften seiner Mißerfolge und Niederlagen. Wo mochte Karla jetzt sein? Im kalten Regen von Paris hatte er sich in sie verliebt. Sie suchte ein kleines Hotel, das dem Geldbeutel einer verträumten Studentin angemessen war. Sie schwärmte für Sacré-Cœur, die Bars im Quartier Latin, den Louvre, die Kathedrale von Saint-Germain, die Clowns auf dem Plateau Beaubourg. Und in der Rue Saint Jacques ging sie den Spuren Hemingways nach.

Er machte ein Zimmer in der Rue Cujas für sie ausfindig, nicht weit von der Place de la Sorbonne. »Hier hat auch Gabriel García Márquez gewohnt«, sagte er zu ihr. »Jeden Tag haben ihn die Gendarmen angehalten, weil er wie ein Algerier aussah.« »Wirklich?« fragte sie, und in ihren Augen strömte es wie grüne Wellen, die sanft auf glattem Ufer auslaufen. Später zog er mit ihr durch Paris. Wie sie nur staunte! Er liebte sie so sehr, daß er wünschte, sie bliebe für immer und ewig bei ihm. Nie zuvor hatte er einen Leib so heiß wie den ihren umfaßt, nie einen solchen Hintern gestreichelt, und niemals in Augenblicken höchster Lust ein solches Stöhnen vernommen!

Regen, Regen, und Karla war plötzlich spurlos verschwunden, ohne eine Adresse oder irgend etwas zu hinterlassen. Einmal hatte sie erwähnt, daß sie in Amsterdam wohne, und so stieg er in einen Nachtzug, fuhr zu ihr. Regen, kalter, strömender Regen. Er rannte durch die Straßen, von Bar zu Bar, von Platz zu Platz. Kein Ort, den er nicht betreten hätte, Kirchen, Museen, einsame Parks, Bordelle, ja, sogar auf Friedhöfen suchte er nach ihr, doch nirgends eine Spur. Ihr Duft aber, der an Wassermoos erinnerte, verfolgte ihn immer und überall. Er holte sich einen Schnupfen, begann zu husten und fühlte sich elend. Schlafen konnte er nicht mehr. Doch er gab nicht auf. Dort, in dem Bus, werde ich sie finden oder in dieser Bar! Wenn sie auf dem Dam-Platz steht oder einsam durch regennasse Straßen schlendert, werde ich sie wiederfinden, oder spät nachts, beschwipst auf dem Rembrandtplein. Vielleicht ist das schwach erleuchtete Fenster dort ihr Fenster, und bestimmt hört sie jetzt eines von ihren Lieblingsliedern. So faselte er vor sich hin, ob es nun Tag wurde oder die Nacht hereinbrach. Er merkte zwar, daß die Passanten ihn anstarrten wie die Fixer auf dem Dam oder am Bahnhof, wenn sie herumfuchtelnd mit sich selber redeten oder beängstigend stöhnten. Trotzdem suchte er besessen weiter. Regen, Regen, und keine Spur von ihr, als wäre sie nur in seinen Träumen kurz aufgetaucht und wieder verschwunden.

Bei einer kurzen Rast in einer Bar konnte er die Tränen nicht mehr zurückhalten, als Jacques Brel sang:

»Dans le port d'Amsterdam
Il ya des marins qui meurent
Pleins de bière et de drames
Aux premières lueurs ...«

Khaled holte ihn in die Gegenwart zurück: »Schau dir nur mal diesen Kater an, wie schön er ist!«

Auf seinen Knien lauerte ein dunkelgelber Kater mit kaum sichtbaren schwarzen Streifen und musterte ihn mit wilden Augen.

»Max heißt er. Eine Frau hat ihn mir geschenkt, als sie nach Südmarokko übersiedelte. Sie hat sehr geweint, als sie von ihm Abschied nahm«, erklärte Khaled, langsam den runden Rücken des Katers streichelnd. Nach kurzem Schweigen setzte er hinzu: »Weißt du, dieser Kater bringt Leben in meine Einsamkeit. Zuerst hat er mich gestört, und eines Tages wollte ich ihn sogar aussetzen, aber mit der Zeit ist er mir ans Herz gewachsen. Jetzt habe ich viel Spaß mit ihm, er ist ein kluges Tier. Außerdem muß ich dir sagen, ich habe die Frauen satt, ich ertrage sie nicht mehr. Und du?« »Ich?« »Ich meine, wie du zu Frauen stehst.«

Er schaute weiter auf den Kater, der ihn mit deutlichem Argwohn beobachtete. Khaled wiederholte seine Frage. Und wieder antwortete er nicht. Was sollte er auch sagen? Er wußte nur zu gut, daß Khaled lediglich sein eigenes Fiasko zu vertuschen suchte. Er machte es ja genauso, behauptete, daß ihm die Frauen zur Last fielen, daß sie ihn von jeder konzentrierten Arbeit abhielten und ganz konfus und irre machten, weil sie ihn dauernd in den Sumpf ihrer banalen Probleme zögen. Ja, das sagte er jedem, der ihn nach seinem Verhältnis zu Frauen fragte. Dabei wußte er genau, daß es nicht stimmte, daß es vielmehr die Frauen waren, die ihn verschmähten und sitzenließen.

So sah die Wahrheit aus, das konnte man drehen und wenden, wie man wollte! Ines, die hübsche Bayerin zum Beispiel, die einmal in ihn verliebt gewesen war, hatte es ihm gesagt, als er sie zufällig auf der Straße wiedertraf und einen Kaffee mit ihr trank: »Ich weiß nicht«, sagte sie,

»aber ich spürte, da war etwas in dir erloschen oder gestorben. So kam es mir jedenfalls zuletzt vor, und deshalb wollte ich lieber gleich Schluß machen, aus Angst, eines Tages im Keller kaltgestellt zu werden.« Nachdem sie ihn verlassen hatte, war er durch die Stadt geirrt, um am Ende der Nacht in irgendeiner Bahnhofsbar zu landen.

Und jetzt bin ich selber ein kalter Keller geworden, ein Loch, in dem die Ratten hausen und die Spinnen ihre Netze weben. Was mich noch erwartet, wird auch nichts daran ändern. Ach, es ist zu spät, es hat keinen Zweck, absolut keinen Zweck, dachte er.

»Du sagst ja gar nichts«, meinte Khaled. »Die Reise hat mich geschafft«, erwiderte er. »Trink ein Glas, dann geht's dir gleich besser«, sagte Khaled, stand auf und kam mit zwei Bierdosen zurück, die er auf den Tisch stellte. Sie tranken schweigend. Draußen klopfte der Regen, hart und streng.

»Ich liebe das Meer«, hatte Karla einmal gesagt, »in den Sommernächten bade ich am liebsten nackt. Dann bilde ich mir ein, das Meer gehört mir allein, es liebt nur mich, und ich liebe nichts anderes.« Dabei steckte sie den Zeigefinger in den Mund und sah über die Place de la Sorbonne mit ihren Tauben und Studenten. Und ich liebe auch nur sie allein, dachte er, während er in Amsterdam umherirrte. Sterben möchte ich für sie, in diesem Regen. Was hat Rembrandt nur zu solchen Farben inspiriert, woher nahm van Gogh das viele Licht, woher nur?

Regen, Regen, er irrte umher, fand aber keine Spur, nicht eine.

Khaled wischte sich den Bierschaum mit dem Handrücken ab und sagte: »Weißt du, seit Krieg ist, habe ich überhaupt keine Nachricht mehr von meiner Familie. Nichts erfahre ich von ihnen. Drei von meinen Brüdern sind an der Front gewesen, einer in Kuweit, gleich vom ersten Tag der Besetzung an. Ich weiß nicht, ob sie leben, ob sie gefallen oder gefangen sind. Ich habe beim Roten Kreuz nachgefragt, aber bis jetzt kam keine Antwort. Dieser Tage habe ich im Fernsehen eine große Menschenmenge in Bagdad gesehen, sie ließen Saddam hochleben, nach allem, was geschehen ist. Da habe ich mir gesagt, es ist zwecklos, sich weiter zu quälen. Und ich wurde ganz ruhig, besser gesagt, gleichgültig, gegen alles, sogar gegenüber meiner Familie und meinen Brüdern.«

Schnell brach die Nacht herein. Im Zimmer war es schon dunkel, aber Khaled machte kein Licht. Bedächtig trank er sein Bier und streichelte dem Kater den Rücken.

»Ich sitze jetzt gerne im Dunkeln. Und du?« fragte Khaled. »Ich weiß nicht«, antwortete er.

Khaled schwieg eine Weile, lehnte sich dann zurück und sagte, den Blick zur Decke gerichtet: »Mir scheint, daß wir den Anblick der Wirklichkeit nicht mehr ertragen oder daß die Wirklichkeit uns nicht mehr sehen mag.« »Vielleicht hast du recht«, erwiderte er, streckte die Hand aus und drückte den Schalter. »Schrecklich dieses Licht, es ist wie ein Hieb ins Gesicht!« rief Khaled und eilte ins Nebenzimmer, der Kater miauend hinterdrein.

Keuchend betrat Asad am nächsten Tag die dämmrige Bahnhofsbar. Dick und fett war er geworden. Er wirkte zehn Jahre älter, sein rundes Gesicht war aufgequollen wie Teig, der zu lange gegangen war, und seine Glatze hatte schon die Hälfte der Haare verdrängt.

»Ach, war das eine lästige, anstrengende Fahrt! Stellt euch vor, beinahe hätte ich mich mit so einem Ostdeutschen angelegt. Araber sind blöd, sagte der, und überhaupt der Grund für alle Übel dieser Welt! Am allerschlimmsten aber war ...« »Was trinkst du?« unterbrach ihn Khaled. »Wasser! Eine ganze Flasche Wasser! Ich bin wie ausgedörrt von der Diskussion, fix und fertig bin ich. Warum nur habt ihr eine Bar ohne Stühle ausgesucht?« »Wir gehen ja gleich«, sagte Khaled.

Asad trank sein Glas Wasser in einem Zug aus. Dann wandte er sich an ihn: »Na, du Ganove, dich habe ich aber lange nicht mehr gesehen! Weißt du noch, wann wir uns das letztemal begegnet sind?«

Oh ja, er erinnerte sich. Drückende Hitze hatte damals über Berlin gelegen. Die Mauer stand noch. Sie waren zu viert, und Asad tönte: »Hört zu, ihr Banditen, ich verkünde euch frohe Botschaft, heute seid ihr bei Salem, einem Landsmann, eingeladen, wie zuhause werdet ihr tafeln!«

Sie stiegen fünf Stockwerke in einem Haus in Kreuzberg hinauf. Die Wände waren abgeblättert, von undefinierbarer Farbe, mit Kritzeleien und zotigen Malereien beschmiert. Im Treppenaufgang lagen Papierfetzen, Zeitungen und Abfälle. Kinder spielten und lärmten, hin und wieder lugten kleine, verhärmte Frauen, den Kopf mit weißen Tüchern bedeckt, hinter den Türen hervor und waren flugs wieder verschwunden. Aus den Wohnungen roch es nach Essen und allerlei Gewürzen. Man vernahm Säuglingsgeschrei, türkische, arabische, griechische Lieder und wütende Männerstimmen. Als oben die Tür aufging, wurden sie von einem gedrungenen Mann um die Sechzig mit feistem, schweißüberströmtem Gesicht begrüßt. Sein dünnes weißes Hemd war aufgeknöpft, dichte weiße Wolle, mit einigen schwarzen Haaren durchsetzt, bedeckte seine breite Brust. Die Ohren waren übergroß und standen in keinem Verhältnis zu den anderen Körperteilen. Unter der platten Nase hing ein weißes Bärtchen, dünn wie ein Faden, wie angeklebt.

»Willkommen, willkommen, tretet ein in Frieden, bitte sehr, liebe Gäste, herzlich willkommen, liebe Landsleute, wie glücklich bin ich, daß ihr hier seid. Asad hat mir gesagt, daß ihr Künstler und Dichter seid, und ich liebe doch die Künstler und Dichter schon seit meiner Kindheit in Jerusalem. Willkommen, seid vielmals willkommen.«

Sie traten ein. Drinnen herrschte eine Hitze zum Ersticken. Nackte Wände, leere Flaschen in den Ecken. An der braunen Tür hingen schmuddelige Hemden, eine blaue Krawatte mit weißen Sternchen und ein grüner Regenmantel. Fünf Stühle, ein Tisch, darauf Äpfel, eine Melone, eine Flasche Arrak und ein paar Gläser. Dahinter zwei Frauen, dem Anschein nach ausgediente Prostituierte, die stumm rauchten. Aus der Küche war das Zischen eines Topfes auf dem Feuer zu hören. Irgendein fauliger Gestank mischte sich, bald stärker, bald schwächer, unter die Gerüche von Gewürzen, Zigaretten, Schweiß und billigem Parfüm. Durch das offene Fenster sah man die Mauer. Wie ein gewaltiges Fallbeil, an dem noch das Blut des Opfers klebte, stand sie da, wie um ein infames Verbrechen zu bezeugen, das soeben verübt worden war.

»Aber bitte, bitte sehr, fühlt euch wie zu Hause. Diese Hübsche rechts von mir heißt Inke, sie ist Polin, aus Warschau. Die mit den schönen Augen, die Doris, stammt von hier, genauer gesagt, direkt aus Kreuzberg, eine ganz Durchtriebene, vor der man sich in acht nehmen muß.«

Mit einem Augenzwinkern fuhr Salem fort: »Ihr müßt nämlich wissen, Kinder, sie lieben mich alle beide, sind aufeinander eifersüchtig, immerzu streiten sie. Ach ja, die Frauen, mein Kopf ist weiß geworden von den Frauen!«

Sie setzten sich an den Tisch, und der Geruch der beiden Frauen wurde penetranter, er überdeckte alles andere. Ein schwindelerregender Dunst, der Brechreiz erregte. Inke war bleich und mager, mit spitzen Knochen und vorne flach. Unter der durchsichtigen rosa Bluse wirkte ihre Haut käsig und verwaschen wie ein Lappen, der allzu oft in Gebrauch gewesen war. Doris schien kleiner als Inke zu sein. Sie hatte eine Hakennase und grobe Hände.

Vor ihm tauchte das Bordell seiner fernen Heimatstadt auf. Es ist August, Uringestank bereits am Eingang, und Fliegen umschwärmen brummend eine tote Katze. Ein Schwachsinniger mit entblößten Genitalien döst im Schatten einer verfallenen Mauer. Beduinen stehen mit offenen Mäulern vor nackten Leibern, die wie gehäutete Hammel im großen *Suk* aussehen. Die Sonne verschlingt die ganze Welt in einer gewaltigen Feuersbrunst.

»Hört mal, Kinder, ich habe euch Reis mit Huhn gekocht, nach dem Rezept meiner Mutter. Ach, meine arme Mutter, Gott erbarme sich ihrer. Vor ungefähr einem Monat ist sie gestorben, ich konnte nicht einmal bei ihrer Beerdigung dabeisein. Wißt ihr, seit wann ich sie nicht gesehen habe? Seit der Katastrophe von 1967, jaja, seit dem Schlag von siebenundsechzig. Sie ist damals in Jerusalem geblieben, und ich ging in den Libanon. Ach, meine arme Mutter, sie wollte mich noch einmal sehen, bevor sie starb, aber es ging ja nicht. Was sollen wir nur machen? Wir müssen Geduld haben, bis Gott eine Lösung findet. Aber entschuldigt, Kinder, ich habe euch nicht eingeladen, um mein Leid zu klagen. Vorwärts, erhebt die Gläser, auf euer Wohl, ihr Dichter!«

Sie aßen und tranken gierig. Salem erzählte eine Geschichte nach der anderen, und sie lachten schallend. Von Zeit zu Zeit rief Asad dazwischen: »Erzähl das noch mal,

Onkel Salem, bitte, wiederhole es! Gott möge dir dafür die Jugend wiedergeben!« Salem füllte sein Glas, nippte daran, wischte sich den Schweiß ab und erzählte die ganze Geschichte von Anfang bis Ende noch einmal, nur anders ausgeschmückt. Sie brüllten vor Lachen. Salem aber begnügte sich mit einem kurzen, spöttischen Meckern.

Als es Abend wurde, tanzte Salem zu Liedern von Fairuz. Ein rotes Tuch um den Bauch geschlungen, drehte und wand er sich und wackelte dabei wie eine Frau mit den Hüften. Seine Augen waren halb geschlossen, etwas wie Wollust flackerte über sein feistes Gesicht. Schließlich fiel er keuchend auf einen Stuhl. »Oh je, Kinder!« stieß er hervor. »Früher in Beirut habe ich bis in den Morgen getanzt, ich machte niemals schlapp. Jetzt allerdings, da meine ich bereits nach fünf Minuten, ich müßte ersticken, Gott verdamme das Alter!«

Schweigen trat ein. Die Mauer schien sich unbemerkt in den Raum geschoben und sie voneinander getrennt zu haben. Alle senkten die Köpfe, als hätte man sie beim Lachen auf einer Totenfeier oder beim Tanzen an einem frischen Grab ertappt. Beklemmung verbreitete sich im Zimmer und brach wie Schweiß aus ihren Leibern, als müsse sich der schwindende Berliner Tag an der Trauer über ihre ferne Heimat übergeben.

Zu viert, auch Kader war pünktlich angekommen, saßen sie nun nach dem Abendbrot bei einer Flasche Wodka.

Khaled fragte Kader: »Wie geht es denn unseren Freunden in Paris?« »Ach, die liegen sich Tag und Nacht in den Haaren, keiner kann den anderen ausstehen«, sagte Kader, die Pfeife stopfend. »Wie die arabischen Herrscher!« merkte Asad an. »Ja, genau wie die arabischen Herrscher!« wiederholte Kader und nickte zustimmend.

Kaders Rücken war tief gebeugt, sein Kopf war weiß geworden, und er wirkte kleiner als früher. Von den Zügen des enfant sauvage, das bis zur Morgendämmerung in den Bars des Quartier Latin gefeiert und randaliert hatte, war nur der schwache Abglanz jenes pfiffigen Lächelns geblieben, das ihn damals kaum je verließ. Als er ihn in der düsteren Bahnhofsbar nach seiner Ankunft aus Paris betrachtete, war ihm, als beträte er einen tief verschneiten Garten, den er immer nur im Frühling aufgesucht hatte, oder als ginge er durch eine Straße, die er kannte und auch wieder nicht.

Ach, wie fern waren doch diese Nächte im Quartier Latin! Damals ließen sie sich Bärte wie Che Guevara wachsen, rezitierten auf der Straße laut André Breton, drohten den reaktionären Dichterlingen, sie öffentlich abzumurksen, brüsteten sich vor aller Welt mit Onanie, aus Provokation gegen die islamischen Werte, und schwafelten am Ende der Nacht betrunken konfuses Zeug: »He, verdammte Dichter von Paris, lebendig oder tot! He du, François Villon und Gérard de Nerval und du, Charles Baudelaire und Arthur Rimbaud, Paul Verlaine, Guillaume Apollinaire und Antonin Artaud! Unsere Nacht ist auch nicht schlechter als irgendeine von euren tollen, irren Nächten in dieser verhurten Stadt, das behaupten wir entschieden! Und du, Paul Eluard, Dichter, sanft wie die Blume Babylons, ehe die Barbaren einfielen, komm mit uns in die öden Schluchten des Orients, damit du erfährst, wie es regnet, wie es Nacht wird, wie das Herz zittert und der Körper erbebt in der Finsternis. Komm mit uns, damit du den Geschmack infamer Dummheit kostest und das Gelächter des Drecks und die Worte des Todes vernimmst! Komm mit uns, du hast das nächtliche Dichten nicht gepachtet, das gehört allen einsamen Exilanten, auch uns! Auf euer aller Wohl, verruchte Dichter! Und auf eures, ihr Nachtschwärmer, auch wenn ihr uns schief anseht!«

»Ich schlage vor, Leute, daß uns Kader aus seinem letzten Werk etwas vorliest!« rief Asad. »Gute Idee«, sagte Khaled mit geheuchelter Begeisterung. »Ihr wißt, ich mag das nicht«, zierte sich Kader. »Du mußt, unbedingt!« beharrte Asad. »Ich habe ewig nichts mehr von dir gehört.«

Schweigend paffte Kader an seiner Pfeife. Nach einem Weilchen zog er ein kleines blaues Heft aus der Tasche und begann mit müder Stimme zu lesen: »Die alte Dame im Zimmer gegenüber von unserem Appartement, die so oft in den rissigen Spiegel schaute und den Verfall ihrer Schönheit beklagte, diese alte Frau muß wohl gestorben sein. Seit drei Tagen gibt ihr verdunkeltes Zimmer den Mietern des Hauses, in dem ich wohne, zu widersprüchlichsten Vermutungen Anlaß. Aber ...«

Kader unterbrach die Lektüre. Er blickte noch eine Zeitlang in das Heft, dann steckte er es wieder in die Tasche. Sein zerknittertes Gesicht verdüsterte sich, als er sagte: »Hört zu, Freunde, ich hab's im Kreuz, ich sollte zeitig schlafen gehen, damit ich morgen in besserer Verfassung bin, nicht wahr?« »Wie du willst!« sagte Khaled.

Von Asad kam kein Kommentar. Er folgte Kader mit besorgten Blicken, als befürchte er, daß er sich selber mit der toten alten Frau hinter jener verschlossenen Tür gemeint haben könnte. Kader zog sich zurück. Eine halbe Stunde später verschwand auch Asad und schließlich Khaled. Er aber blieb allein mit der Flasche Wodka.

Die Straße führt zum Friedhof am Fuß der kupferfarbenen Höhen. Der knorrige Wacholderbaum weint zu allen Jahreszeiten vor Einsamkeit. Alte Frauen streuen der Sonne Sand ins Auge, und der Tag räkelt sich wie ein müder Mann, der im Freien eingeschlafen ist. Im Teufelswadi rumoren die Seelen derer, die nächtlichen Räubern zum Opfer fielen, und zwischen den Schultern der barfüßigen Hirten steigt rot die Morgendämmerung auf.

Der Wind hat seine Schritte im Sand verwischt, er weiß die Richtung nicht mehr. Wüste, infame grobe Wüste breitet sich vor ihm aus, endlos weit. Ein Trugbild schüttelt das Firmament, wie Sturmwind an verlassenen Zelten rüttelt. Der Himmel hat die Farbe des Umhangs, den seine Mutter zu Trauerfeiern trägt. Wüste, ewige Wüste mit runzliger Haut.

Der Bus zuckelt durch Schweigen, Einöde und Staub. Die Fahrgäste starren mit vor Hitze und Sorge verquollenen Augen reglos ins Leere, und schwerfällig bewegen sich die Zungen in den Mündern, der Durst dörrt sie zu Stein. Er aber sitzt zwischen ihnen mit seinen schönen Träumen, Illusionen und einem kleinen Bündel *Kassiden* der Dichter aus der *Dschahilijjazeit.* Niemand hat ihn am Morgen verabschiedet. Nur seine Mutter zeterte, mit ihrer hochgewachsenen Gestalt die Tür füllend, als er ging: »Ich weiß, du wirst es im Leben zu gar nichts bringen! Du bist ein Nichtsnutz und genauso närrisch wie deine Onkel!«

Wüste, bis an das Ende.

Die Morgendämmerung spuckte ihr Tintenblau an die Fenster. Die Wodkaflasche war leer. Er wusch das Gesicht mit kaltem Wasser, griff sich seinen Koffer und hastete die Treppe hinunter, als flüchtete er aus einem Gefängnis. Er hielt ein Taxi an und fuhr durch die noch schlafende Stadt zum Bahnhof. Du hattest recht, Friedrich. Es ist zu spät, es hat keinen Zweck, absolut keinen Zweck!

Am Ufer blieb er stehen. Im Nebel erschien das Wasser völlig bewegungslos. Langsam tuckerte ein Dampfer vorüber. In der Nähe führte eine alte Frau ihren schwarzen Hund aus. Das ist der beste Ort, es zu tun, dachte er. Ja, genau der richtige Ort. An so einem kalten, nebelverhangenen Morgen wollte er ins Wasser gehen. Wenn der Fluß ihn wieder ausspie, würden sie ihn nicht identifizieren können, niemals würden sie ihn identifizieren.

Hinter ihm kamen und gingen donnernd die Züge. Er stand am Ufer und starrte auf seinen Leichnam, der unten im nebelbedeckten Wasser vorbeitrieb.

Gesichter

für Susanne

Gesichter sehen mich an, während ich im Zug sitze, der mich in ein fernes Land bringt. Manchmal gleiten sie wie die Perlen einer Gebetskette in ruhiger Hand dahin, dann wieder stürzen sie wie Steinschlag vom Gipfel. Sie schieben sich übereinander, ineinander, bis sie nur noch ein gewaltiges Knäuel sind, das einer längst vergangenen Zeit angehört, einer Zeit, die wie ein standhafter Ritter, von Wunden geschwächt, dennoch vorwärtsstrebt, auf ein Ziel zu, das sich unaufhörlich entfernt, weiter, immer weiter. Regungslos sitze ich im Zug und sehe den Gesichtern zu. Sie lösen sich ab wie draußen die Ebenen, Wälder und Tunnel in stetem Wechsel.

Ich erinnere mich an das Gesicht meines Vaters, als er aufgebahrt im Hof lag. Der Winter leckte mit rauher Zunge über die kahlen Höhen. Demütig murmelte der *Imam* Segenswünsche und Gebete. Wir bückten uns, um die breite Stirn des Toten zu küssen. Alle weinten, nur ich nicht. Ich war gefaßt. Was ich sah und hörte, glaubte ich nicht. Ja, bisweilen schien es mir, daß alles nur ein Betrug sei oder eine dieser dicken Lügen, mit denen wir gewohnt waren, unser leeres Leben auszufüllen. Da könnte es doch sein, daß mein Vater plötzlich wieder aufstand und mit seinem dicken Stock über die trägen Tiere herfiel. Oder daß er mich mit meiner Schwester Bajja zum Masaid-Brunnen schickte, um Wasser zu holen. Und wenn die Nacht hereinbrach und alle Welt schlafen ging, könnte er wieder verlangen, daß ich ihm Koransuren rezitierte: Ja Sin, Der Barmherzige, Der Donner, Die Dichter.

Ich erinnere mich an das Gesicht der Nacht, als ich im trüben Lampenschein die Trilogie von Nagib Machfus gelesen hatte. Die Nacht war so blau wie der Nil, und ich rannte barfuß bis zum Bohnenfeld. Dort vergaß ich, wo ich war und wer ich war.

Ich erinnere mich an das Gesicht eines Taschendiebs auf dem Markt von al-Ala, als er die Beduinen belauerte, die sich mit lautem Geschrei stritten. Er mischte sich unter sie, ein kleiner, einäugiger Kerl, fuchtelte mit einem Knotenstock herum und spuckte wütend auf den Boden. Das tote Auge war schwarz wie ein Loch in einer verfallenen Mauer, das andere aber hellwach. Wie ein herrenloser Hund streunte der Dieb mit spitzem, langem Gesicht herum, den Blick immer auf die prallen Taschen gerichtet. Ab und zu fuhr seine schmale, behaarte Hand wie eine Natter aus seinem Gewand. Als er merkte, daß ich ihn beobachtete, wurde er wütend, rannte auf mich zu und schrie: »Was hast du mit den Angelegenheiten der Erwachsenen zu schaffen, du frecher Bengel!« Die Leute sahen uns gleichgültig zu, und ich lief davon, bis ich einem alten Wasserträger zwischen die Beine geriet und den Mund voller Staub und Blut hatte.

Ich erinnere mich an das Gesicht einer alten Frau, die einmal bei Sonnenuntergang in unser Dorf kam. Sie bat um

Wasser und Brot. Die Männer fragten sie nach dem Woher und Wohin. Doch sie antwortete mit keinem Wort. Als sie wieder fortging, die Hände hinten verschränkt, den Rücken ein wenig gebeugt, schauten wir ihr nach, bis sie am Fuß der rotbraunen Hügel verschwand. Einige Stunden später fanden wir meinen Onkel al-Khatemi unter dem krummen Olivenbaum. Von einer Schlagader zur anderen war seine Kehle durchgeschnitten.

Ich erinnere mich an das Gesicht unseres Koranlehrers at-Taher, als er verrückt wurde. Alle Väter und Mütter arbeiteten zur Ernte auf den Feldern. Wir Kinder saßen im Schatten unter dem Olivenbaum »das Kamel« und wollten gerade einen erbitterten Streit schlichten, der, ohne daß wir es bemerkt hatten, zwischen al-Aidudis Sohn und Salem, den wir den »Wolf« nannten, ausgebrochen war. Ringsum brütende Hitze, die Viehherde, Grillenzirpen, eine Fata Morgana.

Da ertönten plötzlich seltsame Laute vom Dorf herüber, und wir rannten los, dünne Staubfahnen hinter uns herziehend. Vor der Moschee stand der Lehrer at-Taher, der sich monatelang nicht hatte sehen lassen. Er schäumte und geiferte wie ein wütendes Kamel. Aufgeregt tänzelte sein staubiger Bart. Seine Augen waren rot wie der Sonnenaufgang an glutheißen Sommermorgen. Er trug die aschgraue *Dschubba* auf der nackten Haut und nichts an den Füßen. Zitternd blieben wir in gebührendem Abstand von ihm stehen. Wir versuchten zu begreifen, was er sagte, doch es gelang uns nicht. Flüche, Lästerungen, Verse aus dem Koran, *Hadithe* des Propheten, ganz sonderbare Worte. Alles sprudelte aus ihm heraus und verwandelte sich in schaumige Flocken, die seinen Mund bedeckten: »Abra Kadabra, das jüngste Gericht. Was lehrt dich zu wissen, was das Letzte Gericht ist! *Thamud* und *Ad* leugneten das Jüngste Gericht. Üble Weiber, die auf *Zauberknoten* blasen, mit widerspenstiger Scham, ihr müßt sie verbannen und schlagen im Bett. Ranziges Öl, Abra Kadabra. Auf, ihr *Bewohner der Höhle.* Oh, du Bedeckter, erhebe dich und warne, und deinen Gott, verherrliche ihn, und deine Kleider, reinige sie, und den Frevel, meide ihn, und spende nicht, um mehr zu empfangen, und harre deines Herrn in Geduld.« Bestürzt kamen unsere Eltern von den Feldern gerannt. Als einige Männer nähertraten, wurde at-Taher noch erregter und wütender. Wie ein tollwütiger Hund hat er gebellt. In diesem Zustand blieb er, bis es Abend wurde. Dann trottete er langsam zu den kupferfarbenen Höhen. Die ganze Nacht hörten wir ihn stöhnen und klagen wie eine Kamelmutter, die um ihr Junges trauert.

Ich erinnere mich an das Gesicht des jungen Mädchens, das in einem Dürrejahr mit einer Karawane nach Norden zog. Ganz allein schleppte sie sich hinter der Karawane her. Ihre kleinen Füße waren geschwollen, und man konnte ihr Schwäche und Erschöpfung deutlich ansehen. Lange schaute sie zu mir herüber, während ich, eine *Fatira* essend, einfach dastand und gespannt die Karawane beobachtete. Als das Mädchen schon ein kleines Stück entfernt war, drehte sie sich um und warf mir einem strengen, vorwurfsvollen Blick zu. Ich spürte einen Stich im Herzen, ein Würgen in der Kehle, und die Fatira schmeckte plötzlich bitter. Das junge Mädchen wandte sich immer wieder um und sah mich an, bis die Karawane im Teufels*wadi* verschwand.

Viele Jahre ist mir dieser vorwurfsvolle Blick nicht aus dem Sinn gegangen, und manchmal sah ich in meinen Träumen ihr Gesicht, das wie ein kleiner Mond war.

Ich erinnere mich an das Gesicht jenes Mannes, der sich zu mir beugte, während ich starr vor Schreck unterhalb der Böschung vom Wadi »Fruchtlose Palme« stand.

In dieser Nacht hatte sich meine Mutter in der Zeit geirrt. »Steh auf, Junge«, rief sie, »es wird ja schon Tag, du kommst zu spät zur Schule!« Ich schüttete mir kaltes Wasser über das Gesicht, packte die schwere Schulmappe und rannte los. Die Februarnacht war vom Duft der blühenden Mandelbäume erfüllt. Am Dorfrand kläfften die Hunde. Hier und dort hoben sich die Olivenbäume in den Plantagen schon gegen den Himmel ab. Ich ging bergauf, bergab, immer den sandigen Weg entlang. Als ich die Maharis-Gabelung hinter mir gelassen hatte, sah ich die breite, helle Straße vor mir liegen. Sie führte durch eine dornige Steinwüste direkt in das Wadi. Ich blieb stehen. Kein Hahnenschrei, kein Hundegebell, und am Horizont immer dieselbe milchige Helligkeit, die einen glauben ließ, die Morgendämmerung sei nicht mehr fern. Gemächlich schlenderte ich über die weiße Straße, und je weiter ich ging, desto mehr verlor ich den Mut. Die böse Vorahnung, ich würde niemals ankommen, bedrückte mich. Ab und zu lauschte ich angestrengt, ob nicht die Stimme eines Bauern, der schon in aller Frühe zum Markt nach al-Ala aufgebrochen war, zu hören wäre. Doch die Nacht blieb stumm und abweisend wie die öde Wüste um mich herum. Als ich nun näher an das Wadi herankam, fielen mir all die Geschichten von Dämonen und schrecklichen Erscheinungen ein, die ich einmal gehört hatte. Wie oft hatte ich die Dörfler von Räubern erzählen hören, die, meistens in der Nacht, einsame Wanderer im Wadi überfielen. Mir standen die Haare zu Berge, mein Herz schlug heftig, und krampfhaft schluckte ich den Speichel hinunter. Nein, sagte ich mir, keinen Schritt weiter! Ich setzte mich an den Straßenrand und wartete auf das Morgenrot.

Die Zeit schlich dahin, die Nacht war still, als wolle sie nie zu Ende gehen. Ich fror bis auf die Knochen und begann mich über mich selbst zu ärgern. Vielleicht sollte ich einfach weitergehen. War ich denn wirklich so eine Memme? Nein, niemals, denn immerhin stammte ich aus der tapferen Mosbah-Sippe! Wie oft hatte mein Vater erzählt, daß er als Junge mutterseelenallein durch die »Leere Schlucht« gegangen war! Wieso spielte ich mich vor meinen Freunden mit nächtlichen Abenteuern auf, wenn ich nicht einmal imstande war, das Wadi allein zu bezwingen? Vorwärts also!

Ich stand auf und ging langsam die Böschung hinunter. Es roch nach Wasser, Lehm und Oleander. Stockdunkel war es, und ich sah nichts weiter als den zerzausten Wipfel der Palme, der in den Himmel ragte. Sobald ich unten war, wandte ich mich um und erblickte plötzlich ein weißes Pferd, das auf mich zu galoppierte. Mich packte ein solches Entsetzen, daß ich völlig außer mir war. Nur noch ein kleines Stück war der Schimmel entfernt, als eine rauhe Stimme die Dunkelheit durchdrang: »Wer da?«

Ich konnte nicht antworten. Ich zitterte, als stünde ich nackt und bloß in der Kälte. Nun erkannte ich auch einen Mann. Er sah aus wie die Reiter aus dem Süden, die manchmal durch unser Dorf kamen. Jetzt hörte sich seine Stimme schon milder und freundlicher an: »Wer bist denn du?« »Ich, ich bin ...« stotterte ich. Dann sagte ich meinen Namen vollständig auf, wie vor einem neuen Lehrer. Der Mann reichte mir die Hand, hob mich hinter sich aufs Pferd und sagte: »Halte dich gut am Gürtel fest!«

Als wir das Wadi hinter uns gelassen hatten, hörte ich die Hunde bellen und die Hähne krähen. Da sagte der

Mann: »Ich bin al-Aschhab vom Stamm der Tiwal. Dein verstorbener Vater ist ein guter Freund von mir gewesen, auch er ging am liebsten nachts über Land.«

Ich erinnere mich an das Gesicht von Hamed, der vier Jahre in deutscher Kriegsgefangenschaft war.

Laut heulend lief ich hinter meiner Mutter her, denn ich hatte den rechten Fuß an einem Stein angestoßen. Der große Zeh war aufgeschlagen und blutete stark. Meine Mutter kümmerte sich freilich nicht weiter darum, sie sagte vielmehr hämisch: »Recht geschieht dir, was stolperst du auch immer wie ein Blinder herum!« Ich aber jammerte, um ihr Mitleid zu erregen. Da sah ich auf einem hohen Felsen ein seltsames Wesen, ähnlich einer Eule. Sofort klammerte ich mich an Mutters Umhang und flüsterte, zitternd vor Angst: »Wer ist das?« Sie wandte sich um und schaute zu dem Felsen hinauf. Dann ging sie weiter. »Das ist doch nur Hamed«, sagte sie gleichgültig, »der Gefangener bei den Deutschen war, erkennst du ihn denn nicht?«

Da fiel mir die merkwürdige Geschichte wieder ein, die sich die Leute über ihn erzählten. Hamed, sagten sie, war Soldat in der französischen Armee und hat im Krieg gegen die Deutschen gekämpft. Lange gab es keine Nachricht von ihm. Eines Tages kam ein junger Mann vom Masaid-Stamm, der seiner Familie berichtete, er habe direkt neben Hamed gestanden, als er durch eine Kugel fiel. Die Leute beweinten Hamed lange. Nur seine Mutter Schahla vergoß keine Träne. Jedem, der sich darüber wunderte, erklärte sie, ihr Junge sei bestimmt noch am Leben und wohlauf, und eines Tages würde er schon wiederkommen.

Nach einigen Monaten gingen die jungen Burschen bei der hübschen Aischa, mit der sich Hamed vor dem

Kriegsdienst verlobt hatte, ein und aus und wollten sie heiraten. Schahlas Töchter aber erzählten bald darauf, wie sie eines Morgens wach wurden und ihre Mutter draußen vor dem Haus fanden. Unverwandt hätte sie auf die Straße nach al-Ala gestarrt, bis sie schließlich sagte: »Schafft Ordnung im Haus, ihr Mädchen! Heute nacht habe ich geträumt, daß Hamed auf dem Weg zu uns ist.« Die Töchter fügten sich, um ihre Mutter nicht zu ärgern, fegten den ganzen Tag, wuschen und räumten auf. Schahla aber rührte sich nicht von der Stelle. Unbeirrt schaute sie auf die Straße nach al-Ala. Bei Sonnenuntergang tauchte am Horizont eine Gestalt auf. Schahlas Älteste berichtete, ihre Mutter wäre leichtfüßig wie ein junges Mädchen auf sie zugelaufen. »Kommt, kommt alle her!« hätte sie dann gerufen. »Habe ich es euch nicht gesagt, mein Hamed kommt doch zurück!«

Die Leute erzählten, daß Hamed an den Festen, die seinetwegen veranstaltet wurden, nicht teilnehmen wollte. Er weigerte sich auch, die hübsche Aischa zu heiraten. Wenige Monate nach seiner Heimkehr zog er sich völlig von den Menschen zurück und baute sich westlich des Dorfes eine abgelegene Behausung. Ruhig und schweigsam sei er gewesen, und wenn ihn jemand über seine jahrelange Abwesenheit ausfragte, sagte er nur, er wäre Gefangener bei den Deutschen gewesen.

Ich erinnere mich an das Gesicht, das Korporal Dschumaa machte, wenn er von seinen Abenteuern als Soldat der französischen Armee in Indochina erzählte. Wie es hieß, war Dschumaa fast geistesgestört heimgekehrt. Tagelang glotzte er die Leute nur mit leeren Augen an und murmelte wirres Zeug. Manchmal brüllte er Befehle in einer Sprache, die keiner verstand, und vor dem Imam salutierte er wie vor einer Fahne oder einem Offizier. Völlig grundlos lachte und weinte er.

Korporal Dschumaa war lang und dürr. Er hatte hervortretende Adern, einen schmalen Schnurrbart und eine leichte Hakennase. Wenn er das Hemd aufknöpfte, konnte man auf seiner tätowierten Brust eine Chinesin sehen.

Noch in dem Jahr, als ich vom Dorf in die Stadt zog, wurde er nicht müde, vom Krieg in Indochina zu erzählen: »In einem Land habe ich gekämpft, Männer, da waren die Menschen so klein wie die Mäuse, aber wer weiß wie standhaft in Unglück und Not. Ein Volk wie die Heuschrecken! Sie greifen von allen Seiten an und lassen nur Tod und Vernichtung zurück. Stundenlang können sie sich unter Wasser versteckt halten und wie die Affen in den Bäumen klettern. Einmal haben mich zehn von ihnen angegriffen. Augenblicklich warfen sie mich zu Boden und zückten schon ihre Messer gegen mein Gesicht. Da habe ich sie aber mit einem einzigen Ruck von mir geschleudert und mit dem Bambusrohr auf sie eingeschlagen, bis sie Fersengeld gaben!«

Ich erinnere mich an das verschlagene Gesicht des Kamels, das Uthman, Halimas Sohn, gehörte. Frühmorgens, als er gerade an der Kakteenhecke pinkelte, hat es ihn zu Tode getrampelt.

Die Leute sagten, das Kamel habe das aus Rache getan, denn tags zuvor war es von Uthman so schrecklich verprügelt worden, daß ihm vor Schmerz die Tränen in die Augen gestiegen waren.

Ich erinnere mich an das Gesicht unseres Mutterschafes, das so große schwarze Augen wie meine Schwester Bajja hatte. Immer nur Zwillinge hat es geworfen. Mein Vater liebte es mehr als alles, was wir sonst besaßen. Er verwöhnte es in einer Weise, daß meine Mutter eifersüchtig wurde und das Schaf wie ihre Nebenbuhlerin behandelte. In einem bitterkalten Winter ist es dann gestorben. An diesem Tag hat mein Vater zum ersten Mal geweint.

Ich erinnere mich an al-Akrumi, den berüchtigten Räuber. Manche sagten, er hätte viele Seelen auf dem Gewissen. Als ich ungefähr zehn war, ist er schon altersschwach gewesen. Gemächlich tappte er umher und konnte die Leute nur hören, wenn sie ihn anbrüllten. Weil er so schlecht sehen konnte, stieß er gegen Bäume und Steine. Er hauste in einer elenden Hütte am Dorfrand, und wir bekamen ihn nur selten zu Gesicht.

Eines Abends rief Salem al-Ahmar die Leute zusammen: »Kommt mit, al-Akrumi verlangt nach euch!« Wir brachen alle auf, Frauen, Männer und Kinder, sogar die Hunde begleiteten uns. Al-Akrumi lag flach auf einer ausgefransten Matte und war mit einer schweren, dunklen *Abaja* zugedeckt. Nichts war von ihm zu sehen als sein bleiches, schmales Gesicht und seine Hände, die wie zwei verkohlte Scheite aussahen.

»Hört mich an, ihr Leute«, begann al-Akrumi mit schwacher Stimme. »Mein Ende ist nahe, ich muß euch sagen, daß ich viele Verbrechen begangen habe. An fremdem Eigentum habe ich mich vergriffen und an fremden Weibern vergangen. Aber eine Sünde gibt es, die mich nicht ruhig schlafen läßt. Ich will nicht fortgehen, ohne sie vor euch zu bekennen, vielleicht nimmt Gott sie von mir, am Tag des Jüngsten Gerichts.«

Ein Weilchen blickte er mit tränenfeuchten Augen reihum in die Gesichter. Dann fuhr er fort: »Bestimmt erinnern sich die Älteren noch an das schlimme Jahr, als der

Boden ausdörrte und das Vieh verendete. Die Leute hungerten so, daß viele Erde essen mußten. In jenem Jahr hatte ich mich mit sechs handfesten Kerlen in der ›Leeren Schlucht‹ eingenistet, um den Karawanen aufzulauern. Fünf Nächte kam keine Menschenseele vorbei. Wir hatten schon die Hoffnung aufgegeben, und die ganze Zeit gab es Streit. Gerade in der Nacht aber, als wir uns einig waren, die ›Leere Schlucht‹ zu verlassen, ist es zu dem schrecklichen Unglück gekommen, das mich seitdem quält.«

Ein Säugling weinte, aber die Mutter beruhigte ihn sofort. Wieder blickte al-Akrumi lange in die Gesichter. Dann fing er von neuem an, und seine Hände zitterten: »Die beiden, die wir überfielen, waren Brüder, der eine um die Dreißig, gedrungen, kräftig gebaut, mit tiefer Stimme, der andere ein ganz junger Bursche, noch bartlos und schlank, nicht älter als sechzehn. Bei allem, was später passierte, hörten wir nicht einen Mucks von ihm. Bis auf den gellenden Schrei, den er ausstieß, als sein Bruder starb.« Al-Akrumi unterbrach sein Geständnis. Seine von Falten und Narben durchfurchte Stirn triefte vor Schweiß. Sein Gesicht hatte die Farbe von zertretenem Gras, das zusehends vergilbte. Als er wieder zu reden begann, zitterte seine Stimme wie ein Kerzenlicht im Wind: »Ich weiß noch, wir überfielen die beiden unten im Wadi und verlangten, daß sie uns ihre Kamele, die mit Weizen und Gerste beladen waren, auf der Stelle übergeben sollten.

›Hört mal, Männer‹, sprach der ältere Bruder mit ruhiger, fester Stimme, ›wir sind ja bereit, eurem Befehl zu folgen. Sagt mir jedoch vorher noch, ob es euer Anstand zuläßt, daß wir mit völlig leeren Händen zu unseren Leuten zurückkommen?‹ ›Einen Dreck schert uns das! Rückt die Kamele heraus!‹ schrien wir wie aus einem Mund.

Der ältere Bruder trat auf uns zu. Höchstens zwei, drei Schritte trennten uns noch. ›So hört doch, Männer‹, bat er in flehendem Ton, ›Einschüchtern und Drohen bringen auch nichts. Wir könnten uns doch einigen, daß alle zufrieden sind. Ist es nicht so?‹ ›Unser Befehl wird sofort ausgeführt, oder es nimmt ein böses Ende‹, schrie ich wütend und fuchtelte mit dem Knüppel. Eine Zeitlang war es still. Wir konnten sogar den Wind in den Wipfeln und unser schnelles Herzklopfen vernehmen. Dann hörten wir, wie der große Bruder noch immer mit dieser kräftigen Stimme, ganz ohne Aufregung oder Furcht, sagte: ›Anscheinend seid ihr ein richtiges Lumpenpack! Deshalb will ich euch heute nacht beibringen, was sich gehört!‹«

Al-Akrumi hustete heftig und spuckte Blut. Er keuchte, als müsse er ersticken. Draußen vor der Hütte hatten sich ein paar Hunde ineinander verbissen. Nach einer Weile wurde al-Akrumi etwas ruhiger. Wieder blickte er aufmerksam in die Gesichter, die ihn umgaben. Seine Lippen zuckten. Er faßte noch nach Salem al-Ahmars Hand, dann starb er.

Ich erinnere mich an al-Husailis Gesicht, als ich ihn das letzte Mal singen hörte, zur Hochzeit meiner Schwester Bajja. Es war Sommer, und die Leute waren nach der guten Ernte ausgelassen wie nie zuvor. Sieben Nächte dauerte das Fest. Und al-Husaili sang, bis er heiser war. Die Leute hätten sich vor lauter Begeisterung und Wonne am liebsten die Kleider zerrissen.

»Klagt' ich dem Meere mein Leid –
so dörrte es aus zur Wüste!«

Später erfuhr ich von einem Vetter, daß al-Husaili noch im Sterben eines seiner Lieblingslieder gesungen hatte:

»Die Träne netzte meine Wange wie Regennaß
Berückt ward die Seele der Liebe Pfand
Als ich die Schöne erblickte im grünen Gras
Verließen mich Seele und Verstand!«

Ich erinnere mich an das Gesicht eines würdigen Scheichs, der seine schöne junge Frau vor meinen Augen auf dem Platz in Kairouan tötete. Es war zehn Uhr morgens. Der Platz wimmelte von Beduinen, Händlern und Taschendieben. Eine hochgewachsene Frau, in einen kairouanischen *Safsari* gehüllt, lief mit aufreizendem Hüftschwung vor mir her. Plötzlich trat ein etwa sechzigjähriger Scheich in weißer Dschubba aus der Menge und stach mit einem langen Messer auf die Frau ein. »Du treulose Hündin!« brüllte er dabei. »Du treulose Hündin!« Die Frau schrie und flehte um Hilfe. Doch die Leute ringsum waren erstarrt vor Entsetzen. Als die Frau schließlich in einer Blutlache am Boden lag, rannte der Scheich durch die fassungslose Menge und schrie, mit dem blutigen Messer fuchtelnd: »Für meine Ehre und meinen Glauben habe ich sie getötet, versteht ihr!«

Ich erinnere mich an das Gesicht des Meeres an einem Wintermorgen in Bizerte. Die Zechgenossen waren nach Hause gegangen. Mich hatten sie vor leeren Flaschen und Tellern und vollen Aschenbechern sitzen lassen. Einsam und mutlos stieg ich zum Meer hinunter. Als ich den Wogen zusah, wie sie sich zornig überschlugen, dachte ich zum erstenmal, daß Selbstmord vielleicht der beste Weg zur Erlösung wäre.

Ich erinnere mich an das Gesicht eines Jungen mit Hasenscharte, der ein paar magere Schafe hütete und mir mit beiden Händen zuwinkte, als ich im Zug von Basra nach Bagdad an ihm vorbeifuhr.

Ich erinnere mich an das Gesicht Bourguibas, als er anläßlich der Unabhängigkeitsfeier auf seine Mutter Fattume zu sprechen kam und Krokodilstränen vergoß.

Ich erinnere mich an das Gesicht eines Strichmädchens in Tanger an einem Sonntagmorgen, eine Stunde vor meiner Abreise nach Gibraltar. Tanger schlief noch. Die breite Hafenpromenade war fast leer. Auf beiden Seiten der Straße schoben sich die Abfallkübel ineinander.

Ein hübsches, hochgewachsenes Mädchen mit durchsichtiger Bluse, die einen aufregenden Busen ahnen ließ, tauchte am Ende der Straße auf, und alles war wie verwandelt! Sie bewegte sich träge. Während sie sich dem Café näherte, in dem ich saß, hielt ein schwarzer Mercedes neben ihr und hupte zweimal. Das Mädchen stutzte und schielte aus den Augenwinkeln auf den Wagen. Sie überlegte kurz und ging dann lässig weiter. Noch einmal hupte der Fahrer, aber dieses Mal reagierte das Mädchen gar nicht. Ein alter Schuhputzer klopfte an seinen Kasten und schaute abwechselnd auf den Mercedes und auf den Hintern des Mädchens. Danach war alles wieder so wie zuvor.

Ich erinnere mich an mein Gesicht im zerbrochenen Spiegel eines armseligen algerischen Hotels im Pariser Viertel Belle-Ville, nachdem Chantal mich verlassen hatte.

Ich erinnere mich an das Gesicht eines Iren, der genau wie James Joyce aussah. Ich begegnete ihm auf der Fähre, als ich zum ersten Mal den Ärmelkanal überquerte.

»Kennen Sie James Joyce?« fragte ich ihn. »Wen?« »James Joyce, den großen irischen Schriftsteller«, sagte ich. »Ob ich den Namen schon mal gehört habe«, überlegte er, »das ist doch ganz unwichtig!«

Nach einer Weile legte er mir freundlich den Arm auf die Schulter und sagte lachend: »Wäre es nicht besser, mein lieber tunesischer Freund, ein Guinness zu trinken und uns über die Pariserinnen zu unterhalten?« Damit zog er mich in die Bar.

Der Zug, der mich in ferne Länder bringt, fährt nun schon über eine Stunde in die Nacht. Umgeben von immer neuen Gestalten und Gesichtern werde ich einschlafen.

Nachwort

Hassouna Mosbahi entstammt einer alten Beduinensippe aus dem Hinterland von Kairouan. Hier wurde er 1950 in dem kleinen Dorf Masjuta geboren. Die große Politik spielte sich weit hinter den kahlen Bergen ab, von denen diese archaische Welt verstreuter Zelte und Lehmhütten eingeschlossen war. Selbst die Obrigkeit schien sich dieser Menschen nur zu erinnern, wenn die jungen Männer zum Militärdienst eingezogen wurden. Eine Wende trat ein, als 1956 die staatliche Unabhängigkeit von Frankreich errungen worden war und der junge Staat unter Habib Bourguiba mit tiefgreifenden Reformen und neuen Gesetzen das Leben der Menschen veränderte.

Der dörfliche Alltag blieb mühsam und hart. Trinkwasser mußte von abgelegenen Brunnen herbeigeschafft werden, und es gab keinen elektrischen Strom. Sandstürme, Dürre und Hungersnöte trafen die Menschen wie Schicksalsschläge und brachten Tod und Verderben. Trotzdem bescherte dieses ständig bedrohte Dasein einfache, doch umso tiefer empfundene Freuden. Tagelang feierten sie ihre Hochzeitsfeste, im Winter erzählten sie uralte Legenden und Märchen an knisternden Feuern, und fahrende Sänger betörten die Frauen mit wundervollen Liedern.

Wie die meisten Dorfbewohner waren Hassouna Mosbahis Eltern Analphabeten. Der siebenjährige Knabe besuchte die traditionelle Koranschule, wo er das heilige

Buch der Muslime auswendig lernte, ohne zunächst seinen Sinn zu verstehen. Später beschrieb er die Bedeutung der »Wunderworte« für die Dörfler als eine Zuflucht vor den Unbilden des Lebens, als ihre »grüne Oase«. Auch der Junge erlag diesem Zauber und fühlte sich in seiner lebhaften Phantasie wie durch magische Kräfte in himmlische Sphären getragen.

Er war bereits zehn Jahre alt, als er an der Grundschule aufgenommen wurde, denn ein neues Gesetz verfügte, daß auch ältere Kinder aus den ländlichen Gebieten noch eingeschult werden durften. Da die Schule im siebzehn Kilometer entfernten Nachbardorf al-Ala lag, wohnte der junge Mosbahi bei dort ansässigen Verwandten, wanderte aber jedes Wochenende, sich beklommen der Gruselgeschichten von Geistern und Räubern erinnernd, über die einsame Steppe heim nach Masjuta. Mit fünfzehn durfte er als begabtes Kind bedürftiger Eltern das Gymnasium in der Distriktstadt Haffouz besuchen.

Das erste Buch, das Hassouna Mosbahi nach dem Koran las, war ein Werk von Mustafa Lutfi al-Manfaluti (1876 bis 1924). Die damals beliebten sentimentalen Romane des ägyptischen Schriftstellers spielten in einer romantischen Traumwelt, doch für den jungen Leser wurden sie zum Inbegriff und Maßstab aller Literatur. Erst als er in der Haffouzer Bibliothek den Roman »Die Midaq-Gasse« von Nagib Machfus (geb. 1911), dem einzigen arabischen Nobelpreisträger, in die Hände bekam, wandelte sich sein Verständnis grundlegend. Diesem Autor, der so fesselnd zu schreiben wußte, ging es weder um edle Tugenden noch um erhabene Liebe, vielmehr schilderte er einfache, gewöhnliche Menschen, ihre Verhältnisse, Konflikte und Hoffnungen. Genauso wollte auch er einmal über die Leute aus seinem Dorf schreiben. Nun verschlang er alles, was ihm an Belletristik erreichbar war: Baudelaire, Rimbaud, Verlaine, Balzac, Zola ...

Noch heute bezeichnet er den Eindruck, den ihre Werke auf ihn machten, als »stark und entscheidend«. Unter den arabischen Schriftstellern begeisterten ihn besonders Nagib Machfus, Taha Husain und Mahmud Taimur.

Als leidenschaftlicher Leser war Hassouna Mosbahi von kleinauf allem Geschriebenen süchtig verfallen, aus den Büchern gewann er seine neuen Weltsichten und Schreiberfahrungen. Bereits als Gymnasiast verfaßte er seine erste Erzählung »Die Unglücksreise«, die die sozialen Verhältnisse in seinem Dorf behandelte. Als die Geschichte bei einem Literaturwettstreit am Gymnasium ausgezeichnet wurde, gewann der junge Autor Selbstvertrauen und schrieb weiter. Bald darauf wurden seine Kurzgeschichten auch im Literaturteil der Zeitung »al-Amal« veröffentlicht. 1968 erhielt er für die autobiographische Erzählung »Das Bild meines Vaters« den Preis des tunesischen Rundfunks.

Ebenso wie die Literatur, faszinierten den Heranwachsenden Geschichten, die anders vermittelt wurden. Mit acht Jahren hatte er noch das Radio bestaunt, das seinen Siegeszug im Dorf antrat und die alten geselligen Unterhaltungen verdrängte. In der Erzählung »Kino, Fieber, erste Lust« schildert er das fassungslose Staunen der Dörfler, die zum ersten Male Bilder über eine Hauswand im Freien laufen sehen.

Nach dem Abitur begann Hassouna Mosbahi 1970 in Tunis französische Literatur zu studieren. In dieser Zeit engagierte er sich, wie viele Intellektuelle der jungen Generation, für linke, auch marxistische Ideologien. Aufgrund seiner politischen Aktivitäten wurde er im Frühjahr 1974 verhaftet und zu zwei Jahren Gefängnis verurteilt.

Nach vier Monaten kam er durch eine Amnestie frei und unterrichtete danach als Gymnasiallehrer für Französisch in Gafsa und Tunis, wurde jedoch bereits 1976 wieder aus dem Schuldienst entlassen. Deprimiert durch die nun folgende lange Arbeitslosigkeit, tief enttäuscht von der krassen Diskrepanz zwischen »offizieller« revolutionärer Ideologie und politischer Realität in Tunesien und der arabischen Welt, war er 1978 dem psychischen Zusammenbruch nahe. Nach einem monatelangen Genesungsaufenthalt in seinem Heimatdorf beschloß er, die politische Arbeit endgültig aufzugeben und sich nur noch der Literatur und dem Schreiben zu widmen. 1985 veröffentlichte er seinen ersten Erzählungsband »Die Geschichte des Wahnsinns meiner Cousine Hanija«, der mit dem Nationalpreis der tunesischen Novelle ausgezeichnet wurde.

Anfang der achtziger Jahre erhielt Hassouna Mosbahi endlich einen Reisepaß und durfte das Land verlassen. Mit einem Gefühl der Befreiung nahm er ein rastloses Wanderleben auf, das ihn an die ungebundene Lebensweise seiner Ahnen erinnern mochte. »In allem verriet er seine beduinischen Vorfahren, nur nicht in ihrer Liebe zum Umherirren und Nomadisieren«, beginnt sein Ende 1995 in Marokko erschienener Roman »Halluzinationen von Tarschisch«. Längere Zeit hielt er sich in Paris, Madrid und London auf, aber auch in Schweden, Italien und der Schweiz. Er arbeitete als Journalist und übersetzte daneben Werke aus dem Französischen, so von Paul Eluard, René Char und Henri Michaux. Seit 1985 lebt er als freischaffender Schriftsteller und Korrespondent für arabische Zeitschriften in München.

In der autobiographischen Erzählung »Gesichter« läßt der Erzähler auf einer langen Bahnfahrt diese ruhelose Biographie noch einmal an sich vorbeiziehen. Zug und

Erinnerung gleiten parallel dahin, die inneren und äußeren Bilder vermischen sich, im schwerelosen Schweben zwischen Einst, Jetzt und Irgendwanneinmal.

Die Erfahrung, daß die Jugend, ja alles Sein, unwiederbringlich dahinschwindet, kann für einen Ausländer zum spezifischen Alptraum werden: Seine Befürchtung, die Muttersprache zu vergessen, steigert sich zur existentiellen Angst, die eigene Identität zu verlieren. »Gedächtnisschwund« wird vom Autor als ein typisches Asylantenleiden diagnostiziert. Auch das Bild des abgrundtiefen Brunnens, in dem man unbemerkt »vermodern« könnte, assoziiert Ausweglosigkeit und Tod. In der Erzählung »Der richtige Ort« ist die entsetzliche Vision des Selbstmordes einmal zu Ende gedacht, wenn der Exilant seinen eigenen Leichnam im Fluß vorbeitreiben sieht. Anteilnahme und Liebe könnten diese Ängste vielleicht bannen.

In einem Alltag, der »kommunikationsarm» verläuft, wenn man die fremde Sprache noch nicht beherrscht, können die Grenzen zwischen Traum und Wirklichkeit leicht verfließen. In der Erzählung »Truman Capote« überlagern sich beide Ebenen, beide Welten, ja sogar Leben und Tod. Tunesien empfängt den Heimgekehrten mit strahlender Sonne und Märkten voller Leben, doch vieles trübt die erste Wiedersehensfreude: der triste Anblick der Bettler, die brutalen Hüter der Macht und der beflissene Opportunismus der kleinen Leute. In der anderen Welt aber registriert der Erzähler sensibel die Anzeichen einer beklemmenden Feindseligkeit gegen alles Fremde. Regen und Dunkelheit legen sich ohnehin auf das Gemüt des Südländers, der unter der Kälte des Klimas und der Menschen leidet. Sonne und blauer Himmel sind in Mosbahis Kurzgeschichten eine Vision heimatlicher Geborgenheit, so wie er einmal die Kindheit als geistiges Refugium gegen das Exil beschworen hat: »So hart, entbehrungsreich und qualvoll sie gewesen sein mag – bis zum letzten Augenblick seines Lebens bleibt er ihr eng verbunden. Je älter er wird, desto fester klammert er sich an sie, wie an ein Rettungsseil.«

Auch literarisch greift Hassouna Mosbahi immer wieder auf den unerschöpflichen Fundus der Vergangenheit zurück. Die Märchen und Geschichten, die orientalische Erzähler auf Märkten und in Kaffeehäusern seit undenklichen Zeiten zu erzählen wußten, sind im kulturellen Gedächtnis fest verankert. In dieser Tradition stehen Erzählungen, wie »Der grüne Esel«, die auf die Spitze getriebene Anekdote vom ungetreuen Khalifa, der für verrückt erklärt wird, weil der Gegenstand seiner großen Liebe wider alle gute Sitte ein Esel ist. Auch das Buch seiner Kindheit hat den Autor niemals ganz losgelassen. Obwohl er wie viele arabische Intellektuelle ein Anhänger des Laizismus ist, bekannte er noch 1995 in einem Essay, daß der Koran sein »Lieblingsbuch« und eine »unerschöpfliche Quelle zur Klärung und Deutung linguistischer, historischer und philosophischer Probleme« geblieben sei.

Das gleiche differenzierte Verhältnis zum Islam kommt in der Kurzgeschichte »Die Kibla« zum Ausdruck. Gegen die dogmatisch starre Haltung des Imams bekennt sich der weise Derwisch als Vertreter mystischer Lehren zu einer lebendigen, intuitiven Auffassung alles Göttlichen. So richten sich auch die Bedenken des Autors niemals gegen den Koran oder Gläubige, wie etwa Tante Mahbuba in der Erzählung »Der letzte Traum«, sondern gegen Interpretationen zur Rechtfertigung extremistischer politischer Ziele.

Sehnsucht nach Fiktionalisierung des Alltäglichen und Fernweh nach fremden Ländern beflügelten einst den angehenden Schriftsteller, und noch etwas schwang stets mit: Träume von Liebe und Neugier auf Frauen. Verklärte er sie in frühester Jugend zu zarten, schutzbedürftigen Wesen, so stattete er sie bald mit den handfesten Attributen des klassischen arabischen Schönheitsideals aus: »schlanke Taille«, »runder Hintern«, »große schwarze Augen«. Ihr verführerischer Körper wird über das erotische Symbol hinaus zu einer Metapher für immerwährende Lebenskraft und eine Freude, die über Verzweiflung und Tod triumphiert. In der Erzählung »Ohne jede Übertreibung«, einer augenzwinkernden Geschichte um sexuelle Tabus und ihre haarsträubenden Ventile, treiben spärlich bekleidete Europäerinnen den armen Beduinen vom Lande beinah in den Wahnsinn. Mosbahi zeigt aber auch die Kehrseite: Oftmals hatten gerade die Frauen unter Zwang und Repression zu leiden und mußten die Verletzung der traditionell definierten Ehre des Mannes oder der Familie im Extremfall sogar mit dem Leben bezahlen.

Wenn man Hassouna Mosbahi nach seiner Selbsteinschätzung als Schriftsteller fragt, erklärt er, daß er eigentlich kein »katib hadith», kein »moderner Autor« sei, das heißt kein Schriftsteller, der blindlings den modischen Trends folgt. Bei aller Phantastik und Vielschichtigkeit schreibt er doch stets aus der eigenen Erfahrung. Seine Geschichten offenbaren eine natürliche Freude am Erzählen, intuitives Gespür für die Form und Professionalität im Festziehen und Lockern des Spannungsfadens. Wie alles provinziell Bornierte ist ihm der Glamour des Elitären suspekt, vielleicht wirken seine Kurzgeschichten deshalb so anschaulich. Dabei ist seine Erzählweise im Grunde alles andere als traditionell, schließlich gehörte er zu jener legendären Generation der sechziger Jahre, die als »enfants sauvages« gegen alles rebellierten: gegen politische

Korruption und überkommene Zwänge in der Gesellschaft ebenso wie gegen erstarrte literarische Normen. »Damals ließen sie sich Bärte wie Che Guevara wachsen, rezitierten auf der Straße laut André Breton« und provozierten die selbstzufriedene Bürgerwelt. Bis heute bedient er sich moderner narrativer Techniken in einer direkten, ja unverblümten Sprache. In assoziativen Impressionen werden Empfindungen und Situationen gleichsam fragmentarisch skizziert und doch bildhaft genau getroffen.

Darüber hinaus besitzt er eine Eigenschaft, die sein gesamtes erzählerisches Werk durchzieht: Selbst in tragischen Momenten schwingen leiser Humor und hintergründige Ironie mit, die bei bestimmten Sujets bis zur beißenden Satire gehen können. »Der Umda« und »Die Dichter« sind Beispiele für seine scharfe Kritik an Korruption, Opportunismus und despotischen Strukturen in Politik und Gesellschaft. Aber seine Erzählungen beschränken sich nicht mehr auf den arabischen Raum, wenn er auch stets wie unter einem Firnis hindurchscheint. Immer wieder entdeckt man allgemein Menschliches in den »urewigen« Themen um Liebe und Haß, Jugend, Alter und Tod und im Nachdenken über den Sinn dieses vergänglichen, in seiner Tragik und Komik so faszinierenden Lebens.

Regina Karachouli

Glossar

Abaja bodenlanger, mantelartiger Umhang

Ad Name eines legendären, götzenverehrenden arabischen Stammes

Basmallah die Formel »Im Namen Gottes des Gnädigen, des Barmherzigen«; Einleitung des Gebetsrufes, aber auch sonst vor allen wichtigen Handlungen ausgesprochen

Bey urspr. türkischer Ehrentitel im Osmanischen Reich; in Tunesien herrschte die Bey-Dynastie der Husainiden seit dem 18. Jahrhundert; mit der Proklamierung der Republik Tunesien wurde ihr letzter Vertreter al-Amin im Juli 1957 abgesetzt

Burda Ziegenhaarmantel, auch berühmtes Preisgedicht des halbgelähmten al-Busiri (13. Jahrhundert), der im Traum vom Propheten Muhammad geheilt wurde, indem ihm dieser seine Burda umlegte

Burnus weiter, knopfloser Kapuzenmantel aus Schafwolle, auf dem Land besonders im Herbst und Winter getragen

Colon europäischer, meist französischer Siedler in Nordwestafrika während der Kolonialzeit

Dschahilijja die Zeit der »Unwissenheit« der Menschen, d. h. die Zeit vor der Verkündung des Islam durch den Propheten Muhammad im 7. Jahrhundert n. Chr.

Dschallaba knöchellanges, hemdartiges Übergewand mit Kapuze

Dscharidi bezieht sich auf den im Zentrum Tunesiens gelegenen, ca. 200 km langen Gürtel des Chott el-Djerid (al-Dscharid), der zum größten Salzseegebiet der Sahara gehört

Dschinnen Wesen mit einem luftigen oder feurigen Körper aus rauchloser Flamme, die dem Koran zufolge vor den Menschen erschaffen wurden und helfend oder schadend in das Leben der Menschen eingreifen; gelten im Volksglauben bis heute als bedeutsame Kräfte

Dschubba knöchellanges Gewand aus Baumwolle oder Seide mit geschlitzten Ärmeln und einem langen Halsausschnitt

Fatiha die »Eröffnende«, d. h. die erste Sure des Koran; wird zu vielen freudigen und traurigen Anlässen, ähnlich dem Vaterunser, aber auch bei feierlichen Handlungen, Vertragsabschlüssen und Eheschließungen rezitiert

Fatira Fladen aus fettigem Blätterteig

Fatwa islamisches Rechtsgutachten, das empfehlenden, jedoch nicht bindenden Charakter hat; wird nach authentischen Präzedenzfällen von einem Rechtsgelehrten angefertigt

Ful mudammas volkstümliches Gericht aus gekochten Ackerbohnen, mit Zwiebeln, Öl und Gewürzen

Ghul dem Menschen feindlicher Dämon, weibliche Form Ghula

Hadithe Überlieferungen von Aussprüchen, Handlungs- und Verhaltensweisen des Propheten Muhammad mit Vorbildcharakter für die muslimische Gemeinde

Hadsch Ehrentitel für einen Muslim, der nach Mekka gepilgert ist

Hanut Krämerladen im Dorf, zugleich Treffpunkt und Kaffeestube der Männer

Henna Strauch mit weißlichen, stark duftenden Blüten, dem von alters her magische Kräfte zugesprochen wurden; mit dem aus seinen Blättern gewonnenen orangeroten Farbstoff werden die Haare gefärbt und der Braut vor der Hochzeit die Hände und Füße bemalt

Höhlenschläfer oder *Bewohner der Höhle* das ursprünglich christliche Motiv von den »Siebenschläfern«, die im 3. Jahrhundert n. Chr. der religiösen Verfolgung entgingen und nach einem fast zweihundert Jahre langen Schlaf wieder erwachten, ist im Koran (18. Sure) islamisch gedeutet

Hummus dicker Brei aus gekochten Kichererbsen mit Zitronensaft, Sesampaste, Öl und Gewürzen

Imam Vorbeter beim islamischen Gemeinschaftsgebet

Kasside kunstvoll gebaute, bis zu 120 Versen umfassende Gedichtform, die schon seit dem 5./6. Jahrhundert n. Chr. einen inhaltlich begründeten Aufbau und wechselnde Metren aufweist; alle Verse enden durchgängig auf denselben Reim

Kibla Gebetsrichtung der Muslime nach Mekka hin; Gläubige werden mit dem Gesicht in diese Richtung beerdigt

Kuhl aus Antimon gewonnene schwarze Augenschminke

Kuraisch arabischer Stamm, der in Mekka vor dem Islam herrschte; seine reichen Kaufmannssippen befürchteten, daß ein strenger Monotheismus, wie ihn Muhammad verkündete, die Anziehungskraft Mekkas als blühendes Handels- und Wallfahrtszentrum mit Hunderten verschiedener Götzenbilder zerstören könnte

Kuskus in Nordwestafrika verbreitetes Grundnahrungsmittel aus gedünstetem Hartweizengrieß

Mandil traditionelles Kopftuch der Frauen

Maulid Fest zur Feier des Geburtstages des Propheten Muhammad oder eines Heiligen

Milaja großes Umschlagtuch für Frauen

Umda Gemeindevorsteher, Bürgermeister

Ramadan islamischer Fastenmonat, in dem die Gläubigen zwischen Sonnenaufgang und Sonnenuntergang weder essen noch trinken dürfen und sich des Geschlechtsverkehrs enthalten müssen

Safsari meist weißer, um Kopf und Schultern geschlungener Umhang für Frauen

Salih und die Thamud die Thamud waren ein mächtiger, götzendienender Stamm auf der Arabischen Halbinsel; im Koran widersetzten sie sich dem Gottgesandten Salih und wurden daraufhin vernichtet

Schahada Glaubensbekenntnis zum Islam: »Ich bezeuge, es gibt keinen Gott außer Gott, und Muhammad ist der Gesandte Gottes«; fester Bestandteil des Gebets und des Gebetsrufs

Schaitan der Teufel bzw. Satan, der den Menschen verführt, sich gegen Gott aufzulehnen

Sidi Vulgärform für Sajjidi; Ehrentitel vor dem Namen muslimischer Heiliger und hochgestellter Personen

Suk arabischer Markt mit überdachten Ladenreihen und Werkstätten

Tarbusch rote Filzkappe ohne Krempe mit schwarzer Quaste für Männer, auch Fes genannt

Thamud s. Salih und die Thamud

Wadi Trockental bzw. Flußbett, das sich nur während der Regenzeit mit Wasser füllt

Wahhabiten im frühen 18. Jahrhundert entstandene puritanische islamische Sekte, benannt nach ihrem Gründer Abd al-Wahhab, die nur den Koran und die Hadithe des Propheten Muhammad akzeptierten und Heiligenverehrung, Abbildungen und jeden Luxus bekämpften

Zauberknoten Anspielung auf die im Koran (Sure 113) erwähnten Frauen, die Knotenschnüre zur Magie verwenden

Zindik Freidenker und Häretiker

Geographische Bezeichnungen und einige Eigennamen wurden in der offiziellen frankophonen bzw. im Deutschen geläufigen Schreibweise belassen. Andere arabische Wörter sind dagegen in einer der deutschen Aussprache angeglichenen Version wiedergegeben.

1. Auflage 1996

Satz: Fotosatz Kretschmann GmbH, Bad Aibling
Typographie, Umschlagentwurf und Gestaltung: Konturwerk, Herbert Woyke
Gesamtherstellung: A1, München
Buchbinderische Verarbeitung: Bückers GmbH, Anzing bei München
Papier: 100 g/m², ALFACCA von Classen
Gesetzt aus der 11/13,7 Punkt Weiss roman
Printed in Germany
ISBN 3-927743-24-0

Die Deutsche Bibliothek – CIP-Einheitsaufnahme

Mosbahi, Hassouna:
Der grüne Esel: tunesische Erzählungen/Hassouna Mosbahi
Aus dem Arab. von Regina Karachouli.
– 1. Aufl. – München: A1-Verl., 1996
ISBN 3-927743-24-0